Trio in A-Minor

Other Titles in the
New London Librarium
Brazil Series

Ex Cathedra: Stories by Machado de Assis

Miss Dollar: Stories by Machado de Assis

Good Days!: The Bons Dias! *Chronicles of Machado de Assis*
(1888-1889)

Quilombo dos Palmres: Brazil's Lost Nation of Fugitive Slaves

The Best Chronicles of Rubem Alves

Tender Returns (Rubem Alves)

Law of the Jungle:
Environmental Anarchy and the Tenharim People of Amazonia

Journey on the Estrada Real:
Encounters in the Mountains of Brazil

Promised Land:
A Nun's Struggle against Landlessness, Lawlessness, Slavery,
Poverty, Corruption, and Environmental Devastation in Amazonia

Trio in A-Minor

Five Stories by Machado de Assis

Machado de Assis

Translators
Ana Lessa-Schmidt
and
Glenn Alan Cheney

with a Foreword by
Greicy Pinto Bellin

New London Librarium

Trio in A-Minor: Five Stories by Machado de Assis
by Machado de Assis

Translators: Ana Lessa-Schmidt and Glenn Alan Cheney
Foreword by Greicy Pinto Bellin
Cover sculpture by Zezinha

Published by
New London Librarium
Hanover, Conn. 06350
NLLibrarium.com

ISBNs:
Hardcover   978-1-947074-19-4
Paperback   978-1-947074-18-7
eBook   978-1-947047-20-0

Contents

Prefácio	*vi*
Foreword	*vii*
Linha Reta e Linha Curva	14
Straight Line and Curved Line	15
Luiz Soares	132
Luiz Soares	133
Fulano	186
Fulano	187
Trio em Lá Menor	202
Trio in A-Minor	203
Anedota do *Cabriolet*	222
Cabriolet Anecdote	223
Agradecimentos	240
Acknowledgements	241
Machado de Assis	242
Machado de Assis	243
Contribuidores	244
Contributors	245

Prefácio

A coleção *Trio in A Minor* é única não só em sua apresentação bilíngüe, mas também na montagem das obras da primeira e segunda fases literária de Joaquim Maria Machado de Assis (1839-1908). Embora Machado seja o escritor mais renomado da literatura brasileira, ele é menos conhecido em outros países. O crescente interesse na internacionalização de seu trabalho levou à publicação das recentes coleções bilíngues *Ex Cathedra: Histórias de Machado de Assis* em 2014; *Miss Dollar: Histórias de Machado de Assis* em 2016; e *Bons Dias!: Crônicas de Machado de Assis* em 2018. Este ímpeto inspirou a publicação de dois contos anteriormente não traduzidos em *Trio in A Minor*, juntamente com outros três. As novas traduções "Luiz Soares" e "Linha Reta e Linha Curva" vêm do período formativo anterior de Machado. Os outros três contos: "Trio em Lá Menor", "Fulano" e "Anedota do Cabriolet" pertencem à segunda fase, que começou por volta de 1881. Naquela fase posterior, mais literária, sua maturidade estética levou a uma visão mais crítica e incisiva da política e da literatura brasileiras.

Foreword

The *Trio in A-Minor* collection is unique not only in its bilingual presentation but its assembly of works from the first and second literary phases of Joaquim Maria Machado de Assis (1839-1908). Though Machado is the most renowned writer in Brazilian literature, he is less known in other countries. The growing interest in the internationalization of his work led to the publication of the recent bilingual collections *Ex Cathedra: Stories by Machado de Assis* in 2014; *Miss Dollar: Stories by Machado de Assis* in 2016; and *Good Days!: Chronicles by Machado de Assis* in 2018. This impetus inspired the publication of two previously untranslated stories in *Trio in A Minor* together with three others. The new translations, "Luiz Soares" and "Straight Line and Curved Line," come from Machado's earlier, formative period. The other three stories: "Trio in A-Minor," "Fulano," and "Cabriolet Anecdote" belong to the second phase, which began around 1881. In that later, more literary phase, his aesthetic maturity led to a more critical and incisive view of Brazilian politics and literature.

O trabalho mais antigo de Machado de Assis é caracterizado pela presença constante do francês na cultura brasileira. A França foi a "pátria intelectual" do Brasil, para usar as palavras do personagem Camillo Seabra no conto "A Parasita Azul", traduzido em *Miss Dollar: Histórias de Machado de Assis* (2016). A presença francesa também se manifesta em "Linha Reta e Linha Curva", mais especificamente no personagem Tito, que viajou para Paris, e também pelo mundo todo, para, no final, retornar ao Brasil e se casar com Emília, a mulher que o desprezara anos antes, transformando-o, com essa rejeição, num homem emocionalmente inacessível. A futilidade e superficialidade, características do modo de vida francês da elite do Rio de Janeiro, aparecem em "Luiz Soares" na representação do personagem que dá título à história. Soares é um bon vivant que, percebendo que perderá sua fortuna, propõe casamento a Adelaide, que o rejeita.

Os primeiros trabalhos de Machado foram publicados no *Jornal das Famílias*, um periódico destinado a um público constituído por mulheres cujas assinaturas eram pagas por seus pais, irmãos ou maridos. Pesquisas recentes mostram que Machado de Assis andava no "fio da navalha" ao se conformar ou se afastar das convenções da leitura feminina do século XIX, que estavam construindo certos perfis de mulheres e criando finais felizes para suas histórias. "Luiz Soares", no entanto, não foi publicado no Jornal das Famílias. Apareceu na antologia *Contos Fluminenses* (1870), que pode explicar a opção por um fim trágico que não seria de se esperar que atraísse o leitor romântico. Esse fim infeliz é uma exceção na narrativa machadiana da primeira fase, e pode ser interpretado como um prenúncio do ceticismo literário e do pessimismo que está por vir — um potencial que só seria percebido

Machado de Assis's earlier work is characterized by the constant presence of French roots in Brazilian culture. France was Brazil's "intellectual homeland," to use the words of the character Camillo Seabra in the short story "A Parasita Azul," translated in *Miss Dollar: Stories by Machado de Assis* (2016). The French presence is also manifested in "Straight Line and Curved Line," more specifically in the character Tito, who travelled to Paris, and also around the whole world, to, in the end, return to Brazil and marry Emília, the woman who had despised him years before, turning him, with this rejection, into an emotionally inaccessible man. The futility and superficiality, characteristics of the French way of life of the elite of Rio de Janeiro, appear in "Luiz Soares" in the representation of the character who gives title to the story. Soares is a bon vivant who, realizing that he will lose his fortune, proposes marriage to Adelaide, who rejects him.

Machado's earlier works were published in the *Jornal das Famílias*, a periodical aimed at a readership made up of women whose subscriptions were paid by their fathers, brothers, or husbands. Recent research shows that Machado de Assis walked a thin line as he conformed to or departed from the 19th century feminine reading conventions, which were building certain profiles of women and creating happy endings for their stories. "Luiz Soares," however, was not published in the *Jornal das Famílias*. It appeared in the anthology *Contos Fluminenses* (1870), which may explain the option for a tragic end that would not be expected to appeal to the romantic reader. This unhappy ending is an exception in the Machadian narrative of the first phase and as such can be interpreted as a harbinger of the literary skepticism and pessimism to come—a potential that would not be realized until almost a decade later. This

uma década depois. Esse afastamento inicial do romantismo popular estrito torna a divisão de suas duas fases problemática e questionada.

Perfis de mulheres são recorrentes nas narrativas da primeira e da segunda fase do trabalho de Machado. Estas são mulheres conscientes de seu poder, como pode ser visto nas atitudes de Emilia em " Linha Reta e Linha Curva". A personagem quer "vingar o próprio sexo", manipulando Tito para se apaixonar por ela novamente, mesmo quando ela acaba se apaixonando por ele, levando a um fim feliz padrão já que o amor é selado pelo casamento. Em "Luiz Soares", Adelaide é arrogante e elusiva aos avanços de Soares, assim como Isabel Matos faz em "A Parasita Azul" e Margarida em "Miss Dollar". Os personagens femininos de Machado têm, portanto, um grande orgulho e zelo por suas imagens, paralelamente a um interesse marcante pela moda francesa, que, aliás, ocuparam as páginas do *Jornal das Famílias*. Menções a moda e ao estilo francês são frequentes e recorrentes em toda a obra de Machado, o que mostra a interdependência entre esse modelo e a cultura brasileira da época.

Quanto às histórias de sua segunda fase, há uma mudança consistente no estilo de Machado à medida que ele começa a desenvolver seus temas iniciais em um estilo mais crítico, sarcástico e irônico. Tanto "Fulano" como "Anedota do Cabriolet" trazem as marcas desta segunda fase, expressas na grande importância que os personagens atribuem à opinião dos outros. "Anedota do Cabriolet" é uma das últimas histórias de Machado, publicada no volume *Relíquias de Casa Velha* em 1906, dois anos antes de sua morte. O volume traz toda a nostalgia do antigo Rio de Janeiro, que foi extensivamente reconstruído e reconfigurado pela reforma do prefeito e engenheiro Pereira Passos. O cabriolé é lembrado pelo narrador em uma trágica história de um jovem casal que foge apenas para descobrir que eram irmãos pelo lado materno. Quando apanhados no cabriolé, adoecem e morrem, apontando para o

early departure from strict popular romanticism renders the division of his two phases both problematic and open to question.

Profiles of women are recurrent in the narratives of both the first phase and second phase of Machado's work. These are women aware of their power, as can be seen in Emilia's attitudes in "Straight Line and Curved Line." The character wants to "avenge her own sex" by manipulating Tito to fall in love with her again even as she herself ends up falling in love with him, leading up to a standard happy ending as their love is sealed by marriage. In "Luiz Soares," Adelaide is haughty and elusive to Soares's advances, just as Isabel Matos does in "A Parasita Azul" and Margarida does in "Miss Dollar." The feminine characters of Machado have, therefore, a great pride and zeal for their images, parallel to a marked interest in French fashion, which, incidentally, occupied the pages of the *Jornal das Famílias*. Mentions of this fashion and the French style are frequent and recurrent throughout Machado's work, which shows the interdependence between this model and Brazilian culture of the time.

As for the stories of his second phase, there is a consistent turn in Machado's style as he starts to develop his early-phase themes into a more critical, sarcastic and ironic style. Both "Fulano" and "Anedota do Cabriolet" bear the marks of this second phase, expressed in the great importance the characters give to the opinion of others. "Anedota do Cabriolet" is one of Machado's last stories, published in the volume *Relíquias de Casa Velha* in 1906, two years before his death. The volume brings out all the nostalgia for old Rio de Janeiro, which had been extensively rebuilt and reconfigured by the reform of the mayor and engineer Pereira Passos. The cabriolet coach is remembered by the narrator in a tragic story of a young couple who elope only to find they were siblings on their mother's side. When caught in the cabriolet, they fall ill and die, pointing to the cooling of the romantic mentality, which,

esfriamento da mentalidade romântica que, na virada do século, já não encontrava lugar na literatura brasileira.

"Fulano" conta a história de um homem que, apesar de transformado em celebridade, dedica todo seu legado financeiro à construção de uma estátua em homenagem a Pedro Álvares Cabral, herói nacional por ter "descoberto" o Brasil em 1500. É interessante notar que essa história foi publicada cinco anos antes da Proclamação da República Brasileira em 1889, o que nos permite traçar um paralelo entre o que é representado na história e a própria história brasileira. Uma hesitação semelhante entre o Império e a República pode ser vista no romance *Esaú e Jacó* (1904) e na história "Trio in Lá Minor". No segundo, Maria Regina está dividida entre dois homens que representam o antigo e o moderno, a monarquia e a república.

A internacionalização do trabalho de Machado não pode ocorrer sem uma compreensão dessas duas fases. Eles se sobrepõem, se alternam e se complementam, destacando múltiplas facetas de Machado de Assis. Com toda razão um dos poetas mais veneráveis do Brasil, Carlos Drummond de Andrade, apelidou carinhosamente Machado de "o feiticeiro do Cosme Velho." Esta edição bilingue demonstra que o bruxo pôde perceber, com toda a sua lucidez, não só os processos sociais e políticos de seu tempo, mas também todo o contexto de uma literatura que buscava sua própria autonomia e identidade. À medida que Machado se afastava do romantismo de seus primeiros trabalhos, o Brasil se afastava de suas raízes européias.

GREICY PINTO BELLIN
CENTRO UNIVERSITÁRIO CAMPOS DE ANDRADE
CURITIBA, PARANÁ

at the turn of the century, no longer found a place in Brazilian literature.

"Fulano" tells the story of a man who, despite his transformation into a celebrity, dedicates his entire financial legacy to the erection of a statue in honor of Pedro Álvares Cabral, a national hero for having "discovered" Brazil in 1500. It is interesting to note that this story was published five years before the Proclamation of the Brazilian Republic in 1889, which allows us to draw a parallel between what is represented in the story and Brazilian history itself. A similar hesitation between the Empire and the Republic can be seen in the novel *Esaú e Jacó* (1904) and in the story "Trio in A-Minor." In the latter, Maria Regina is torn between two men who represent the old-fashion and the modern, the monarchy and the republic.

The internationalization of Machado's work cannot take place without an understanding of these two phases. They overlap, alternate, and complement each other, highlighting multiple facets of Machado de Assis. For good reason one of Brazil's most venerable poets, Carlos Drummond de Andrade, affectionately nicknames Machado "the wizard of Cosme Velho." A reading of this bilingual edition demonstrates that the wizard was able to perceive, with all his lucidity, not only the social and political processes of his time, but also the whole context of a literature that sought its own autonomy and identity. As Machado moved on from the romanticism of his early work, Brazil was moving on from its European roots.

GREICY PINTO BELLIN
CENTRO UNIVERSITÁRIO CAMPOS DE ANDRADE
CURITIBA, PARANÁ

Linha Reta e Linha Curva

I

Era em Petrópolis, no ano de 186... Já se vê que a minha história não data de longe. É tomada dos anais contemporâneos e dos costumes atuais. Talvez algum dos leitores conheça até as personagens que vão figurar neste pequeno quadro. Não será raro que, encontrando uma delas amanhã, Azevedo, por exemplo, um dos meus leitores exclame:

— Ah! cá vi uma história em que se falou de ti. Não te tratou mal o autor. Mas a semelhança era tamanha, houve tão pouco cuidado em disfarçar a fisionomia, que eu, à proporção que voltava a página, dizia comigo: É o Azevedo, não há dúvida.

Feliz Azevedo! A hora em que começa essa narrativa é ele um marido feliz, inteiramente feliz.

Casado de fresco, possuindo por mulher a mais formosa dama da sociedade, e a melhor alma que ainda se encarnou ao sol da América, dono de algumas propriedades bem situadas e perfeitamente rendosas, acatado, querido, descansado, tal é o nosso Azevedo, a quem por cúmulo de ventura coroam os mais belos vinte e seis anos.

Deu-lhe a fortuna um emprego suave: não fazer nada. Possui um diploma de bacharel em direito; mas esse diploma nunca lhe serviu;

14

STRAIGHT LINE AND CURVED LINE

translated by Ana Lessa-Schmidt

I

It was in Petrópolis,[1] in the year 186... You can already see that my story doesn't date far back. It's been taken from contemporary annals and current customs. Maybe some of the readers will even know the characters that will figure in this little picture. It won't be unusual that finding one of them tomorrow, Azevedo, for example, one of my readers exclaims:

"Ah! I saw a story that talked about you. The author didn't treat you badly. But the resemblance was so great, so little care was taken to disguise the physiognomy that I, as I turned the page, said to myself: It's Azevedo, there is no doubt."

Happy Azevedo! The hour at which this narrative begins he is a happy, completely happy husband.

Recently married, having the most beautiful society lady for his wife, and the best soul that has ever been incarnated under the American sun, owner of some well situated and perfectly profitable properties, respected, beloved, rested, such is our Azevedo, who fortune has crowned with the most beautiful twenty-six years.

existe guardado no fundo da lata clássica em que o trouxe da faculdade de São Paulo. De quando em quando Azevedo faz uma visita ao diploma, aliás ganho legitimamente, mas é para não o ver mais senão daí a longo tempo. Não é um diploma, é uma relíquia.

Quando Azevedo saiu da faculdade de São Paulo e voltou para a fazenda da província de Minas Gerais, tinha um projeto: ir à Europa. No fim de alguns meses o pai consentiu na viagem, e Azevedo preparou-se para realizá-la. Chegou à corte no propósito firme de tomar lugar no primeiro paquete que saísse; mas nem tudo depende da vontade do homem. Azevedo foi a um baile antes de partir; aí estava armada uma rede em que ele devia ser colhido. Que rede! Vinte anos, uma figura delicada, esbelta, franzina, uma dessas figuras vaporosas que parecem desfazer-se ao primeiro raio do sol. Azevedo não foi senhor de si: apaixonou-se; daí a um mês casou-se, e daí a oito dias partiu para Petrópolis.

Que casa encerraria aquele casal tão belo, tão amante e tão feliz? Não podia ser mais própria a casa escolhida; era um edifício leve, delgado, elegante, mais de recreio que de morada; um verdadeiro ninho para aquelas duas pombas fugitivas.

A nossa história começa exatamente três meses depois da ida para Petrópolis. Azevedo e a mulher amavam-se ainda como no primeiro dia. O amor tomava então uma força maior e nova; é que... devo dizê-lo, ó casais de três meses? é que apontava no horizonte o primeiro filho. Também a terra e o céu se alegram quando aponta no horizonte o primeiro raio do sol. A figura não vem aqui por simples ornato de estilo; é uma dedução lógica: a mulher de Azevedo chamava-se Adelaide.

Era, pois, em Petrópolis, numa tarde de dezembro de 186... Azevedo e Adelaide estavam no jardim que ficava em frente da casa onde ocultavam a sua felicidade. Azevedo lia alto; Adelaide ouvia-o

Fortune granted him an easy job: to do nothing. He holds a bachelor's degree in law; but this diploma never served him; it's stored in the bottom of the classic can in which he brought it from the university in São Paulo. From time to time Azevedo revisits the diploma, in fact gained legitimately, but then he doesn't look at it for long. It's not a diploma; it's a relic.

When Azevedo left the university in São Paulo and returned to the farm in the province of Minas Gerais, he had a project: to go to Europe. At the end of a few months his father consented to the trip, and Azevedo prepared to go. He came to the court[2] with the firm purpose of taking a place in the first liner to go out; but not everything depends on the will of a man. Azevedo went to a ball before leaving; there was a net in which he was to be caught. What a net! Twenty years old, a delicate figure, slender, skinny, one of those vaporous figures that seem to melt at the first ray of the sun. Azevedo was not master of himself: he fell in love; after a month he married; and after eight days he left for Petrópolis.

What house would hem in that beautiful couple, so loving and so happy? The chosen house couldn't be more proper; it was a light, thin, elegant building, more for leisure than dwelling; a real nest for those two fugitive doves.

Our story begins exactly three months after the trip to Petrópolis. Azevedo and his wife still loved each other as they had on the first day. Love then took on a new and greater force; it's that... should I say so, oh, couples of three months? It's that the first child was pointing at the horizon. Earth and sky also rejoice when the first ray of the sun points at the horizon. The figure doesn't come here by simple ornamental style; it's a logical deduction: Azevedo's wife was called Adelaide.

It was then in Petrópolis, one afternoon in December 186... Azevedo and Adelaide were in the garden opposite the house where they hid their happiness. Azevedo read aloud; Adelaide listened to him reading, but

ler, mas como se ouve um eco do coração, tanto a voz do marido e as palavras da obra correspondiam ao sentimento interior da moça.

No fim de algum tempo Azevedo deteve-se e perguntou:

— Queres que paremos aqui?

— Como quiseres, disse Adelaide.

— É melhor, disse Azevedo fechando o livro. As coisas boas não se gozam de uma assentada. Guardemos um pouco para a noite. Demais, era já tempo que eu passasse do idílio escrito para o idílio vivo. Deixa-me olhar para ti.

Adelaide olhou para ele e disse:

— Parece que começamos a lua-de-mel.

— Parece e é, acrescentou Azevedo; e se o casamento não fosse eternamente isto, o que poderia ser? A ligação de duas existências para meditar discretamente na melhor maneira de comer o maxixe e o repolho? Ora, pelo amor de Deus! Eu penso que o casamento deve ser um namoro eterno. Não pensas como eu?

— Sinto, disse Adelaide.

— Sentes, é quanto basta.

— Mas que as mulheres sintam é natural; os homens...

— Os homens, são homens.

— O que nas mulheres é sentimento, nos homens é pieguice; desde pequena me dizem isto.

— Enganam-te desde pequena, disse Azevedo rindo.

— Antes isso!

— É a verdade. E desconfia sempre dos que mais falam, sejam homens ou mulheres. Tens perto um exemplo. A Emília fala muito da sua isenção. Quantas vezes se casou? Até aqui duas, e está nos vinte e cinco anos. Era melhor calar-se mais e casar-se menos.

— Mas nela é brincadeira, disse Adelaide.

as one hears an echo of the heart, both the voice of the husband and the words of the work corresponded to the inner feeling of the young lady.

After some time Azevedo stopped and asked:

"Do you want us to stop here?"

"As you wish," said Adelaide.

"It's better," said Azevedo, closing the book. "Good things aren't enjoyed at one sitting. Let's save some for the night. Besides, it was time for me to move from the written idyll to the living idyll. Let me look at you."

Adelaide looked at him and said:

"Looks like we started our honeymoon."

"It seems and it is," added Azevedo; "and if marriage wasn't this for ever, what could it be? The connection between two beings to discreetly meditate on the best way of eating *maxixe*[3] and cabbage? Why, for God's sake! I think marriage should be an eternal date. Don't you think like me?"

"I feel it," said Adelaide.

"You feel, that's enough."

"But naturally women have feelings; men..."

"Men, are men."

"What in women is feeling, in men is slush; I've been told this since I was little."

"You have been deceived since you were little," said Azevedo, laughing.

"It's better that way!"

"It's the truth. And always distrust those who talk the most, whether men or women. You have an example close to you. Emília talks a lot about her exemption. How many times has she married? So far twice, and she's twenty-five. It was better to shut up more and marry less."

"But with her it's a joke," said Adelaide.

– Pois não. O que não é brincadeira é que os três meses do nosso casamento parecem-me três minutos…

– Três meses! exclamou Adelaide.

– Como foge o tempo! disse Azevedo.

– Dirás sempre o mesmo? perguntou Adelaide com um gesto de incredulidade.

Azevedo abraçou-a e perguntou:

– Duvidas?

– Receio. É tão bom ser feliz!

– Sê-lo-ás sempre e do mesmo modo. De outro não entendo eu.

Neste momento ouviram os dois uma voz que partia da porta do jardim.

– O que é que não entendes? dizia essa voz.

Olharam.

À porta do jardim estava um homem alto, bem parecido, trajando com elegância, luvas cor de palha, chicotinho na mão.

Azevedo pareceu ao princípio não conhecê-lo. Adelaide olhava para um e para outro sem compreender nada. Tudo isto, porém, não passou de um minuto; no fim dele Azevedo exclamou:

– É o Tito! Entra, Tito!

Tito entrou galhardamente no jardim; abraçou Azevedo e fez um cumprimento gracioso a Adelaide.

– É minha mulher, disse Azevedo apresentando Adelaide ao recém-chegado.

– Já o suspeitava, respondeu Tito; e aproveito a ocasião para dar-te os meus parabéns.

– Recebeste a nossa carta de participação?

– Em Valparaíso.

– Anda senta-te e conta-me a tua viagem.

20

"Not really. What is no joke is that the three months of our marriage seem to me like three minutes…"

"Three months!" exclaimed Adelaide.

"How the time flies!" said Azevedo.

"Will you always say the same?" asked Adelaide with a look of disbelief.

Azevedo hugged her and asked,

"Do you doubt it?"

"I'm afraid. It's so good to be happy!"

"You will always be and in the same way. In another I don't understand."

At this moment they heard a voice coming from the garden gate.

"What don't you understand?" said the voice.

They looked.

At the garden gate there was a tall, handsome man, dressed elegantly, straw-colored gloves, a riding crop in his hand.

Azevedo seemed at first not to know him. Adelaide looked at both men without understanding anything. All this, however, lasted only a minute; at the end of it Azevedo exclaimed:

"It's Tito! Come in, Tito!"

Tito entered the garden gallantly, hugged Azevedo and made a gracious compliment to Adelaide.

"She is my wife," said Azevedo, introducing Adelaide to the newcomer.

"I suspected it," said Tito; "and I take the opportunity to congratulate you."

"Did you get our invitation?"

"In Valparaíso."[4]

"Come, sit down and tell me of your journey."

— Isso é longo, disse Tito sentando-se. O que te posso contar é que desembarquei ontem no Rio. Tratei de indagar a tua morada. Disseram-me que estavas temporariamente em Petrópolis. Descansei, mas logo hoje tomei a barca da Prainha e aqui estou. Eu já suspeitava que com o teu espírito de poeta irias esconder a tua felicidade em algum recanto do mundo. Com efeito, isto é verdadeiramente uma nesga do paraíso. Jardim, caramanchões, uma casa leve e elegante, um livro. Bravo! Marília de Dirceu... É completo! *Tityre, tu patulæ*. Caio no meio de um idílio. Pastorinha, onde está o cajado?

Adelaide ri às gargalhadas.

Tito continua:

— Ri mesmo como uma pastorinha alegre. E tu, Teócrito, que fazes? Deixas correr os dias como as águas do Paraíba? Feliz criatura!

— Sempre o mesmo! disse Azevedo.

— O mesmo doido? Acha que ele tem razão, minha senhora?

— Acho, se o não ofendo...

— Qual ofender! Se eu até me honro com isso; sou um doido inofensivo, isso é verdade. Mas é que realmente são felizes como poucos. Há quantos meses se casaram?

— Três meses faz domingo, respondeu Adelaide.

— Disse há pouco que me pareciam três minutos, acrescentou Azevedo.

Tito olhou para ambos e disse sorrindo:

— Três meses, três minutos! Eis toda a verdade da vida. Se os pusessem sobre uma grelha, como São Lourenço, cinco minutos eram cinco meses. E ainda se fala em tempo! Há lá tempo! O tempo está nas nossas impressões. Há meses para os infelizes e minutos para os venturosos!

— Mas que ventura! exclama Azevedo.

"That's long," said Tito, sitting down. "What I can tell you is that I landed in Rio yesterday. I tried to find your address. I was told that you were temporarily in Petrópolis. I rested, but I soon took the Prainha boat and here I am. I've already suspected that with your poet's spirit you would hide your happiness in some corner of the world. Indeed, this is truly a nook of paradise. Garden, arbors, a light and elegant house, a book. Bravo! Marília de Dirceu…[5] It's complete! *Tityre*, your *patulæ*.[6] I fall into the midst of an idyll. Little Bo Peep, where's your crook?"

Adelaide laughs out loud.

Tito continues:

"She indeed laughs like a cheerful little Bo Peep. And you, Theocritus,[7] what do you do? Do you let the days run like the waters of the Rio Paraiba? Happy creature!"

"Always the same!" said Azevedo.

"The same mad man? Do you think he's right, ma'am?"

"I think, if I don't offend you…"

"What offense! If I even feel honored with it; I'm a harmless mad man, that's true. But the truth is that you're happy like a few. How many months have you been married?"

"Three months this Sunday," replied Adelaide.

"I said minutes ago it seemed like three minutes," Azevedo added.

Tito looked at both of them and said with a smile:

"Three months, three minutes! This is the whole truth of life. If they were placed on a grate, like St. Lawrence, five minutes were five months. And we still talk about time! Is there time! Time is in our impressions. There are months for the unfortunate and minutes for the fortunate ones!"

"What a fortune!" exclaims Azevedo.

"Not complete? Imagination! Husband of a seraph, in the graces and in the heart, I didn't notice that it was here… but there's no need to

– Completa não? Imaginação! Marido de um serafim, nas graças e no coração, não reparei que estava aqui... mas não precisa corar!... Disto me há de ouvir vinte vezes por dia; o que penso, digo. Como não te hão de invejar os nossos amigos!

– Isso não sei.

– Pudera! Encafuado neste desvão do mundo, de nada podes saber. E fazes bem. Isto de ser feliz à vista de todos é repartir a felicidade. Ora, para respeitar o princípio devo ir-me já embora...

Dizendo isto, Tito levantou-se.

– Deixa-te disso: fica conosco.

– Os verdadeiros amigos também são a felicidade, disse Adelaide.

– Ah!

– É até bom que aprendas em nossa escola a ciência do casamento, acrescentou Azevedo.

– Para quê? perguntou Tito meneando o chicotinho.

– Para te casares.

– Hum!... fez Tito.

– Não pretende? perguntou Adelaide.

– Estás ainda o mesmo que em outro tempo?

– O mesmíssimo, respondeu Tito.

Adelaide fez um gesto de curiosidade e perguntou:

– Tem horror ao casamento?

– Não tenho vocação, respondeu Tito. É puramente um caso de vocação. Quem a não tiver não se meta nisso, que é perder o tempo e o sossego. Desde muito tempo estou convencido disto.

– Ainda te não bateu a hora.

– Nem bate, disse Tito.

– Mas, se bem me lembro, disse Azevedo oferecendo-lhe um charuto, houve um dia em que fugiste às teorias do costume: andavas então apaixonado...

24

blush!… Of this you'll hear me twenty times a day; what I think, I say. How our friends will envy you!"

"That I don't know."

"Why! Tucked in this attic of the world, you can know nothing. And you do well. This thing of being happy in the eyes of all is to share happiness. Well, to respect the principle, I must go right now…"

Saying this, Tito stood up.

"Don't be like that: stay with us."

"True friends are also happiness," said Adelaide.

"Ah!"

"It's good that you learn at our school the science of marriage," Azevedo added.

"For what?" asked Tito, wagging his little whip.

"For you to get married."

"Humph!…" Tito went.

"You don't intend?" asked Adelaide.

"Are you still the same as in other times?"

"The same," said Tito.

Adelaide made a gesture of curiosity and asked:

"Are you horrified by marriage?"

"I have no vocation," replied Tito. "It's purely a case of vocation. Whoever doesn't have it, don't get involved in this, which is to waste time and peace. For a long time I have been convinced of this."

"The time hasn't come for you."

"And it's not here," said Tito.

"But if I remember correctly," said Azevedo, offering him a cigar, "there was a day when you ran away from the usual theories: you were then in love…"

— Apaixonado, é engano. Houve um dia em que a Providência trouxe uma confirmação aos meus instintos solitários. Meti-me a pretender uma senhora...

— É verdade: foi um caso engraçado.

— Como foi o caso? perguntou Adelaide.

— O Tito viu em um baile uma rapariga. No dia seguinte apresenta-se em casa dela, e, sem mais nem menos, pede-lhe a mão. Ela responde... que te respondeu?

— Respondeu por escrito que eu era um tolo e me deixasse daquilo. Não disse positivamente tolo, mas vinha a dar na mesma. É preciso confessar que semelhante resposta não era própria. Voltei atrás e nunca mais amei.

— Mas amou naquela ocasião? perguntou Adelaide.

— Não sei se era amor, respondeu Tito, era uma coisa... Mas note, isto foi há uns bons cinco anos. Daí para cá ninguém mais me fez bater o coração.

— Pior para ti.

— Eu sei! disse Tito levantando os ombros. Se não tenho os gozos íntimos do amor, não tenho nem os dissabores, nem os desenganos. É já uma grande fortuna!

— No verdadeiro amor não há nada disso, disse sentenciosamente a mulher de Azevedo.

— Não há? Deixemos o assunto; eu podia fazer um discurso a propósito, mas prefiro...

— Ficar conosco, Azevedo atalhou-o. Está sabido.

— Não tenho essa intenção.

— Mas tenho eu. Hás de ficar.

— Mas se eu já mandei o criado tomar alojamento no hotel de Bragança...

— Pois manda contra-ordem. Fica comigo.

"In love, it's a mistake. There was a day when Providence brought a confirmation to my solitary instincts. I started to have interests in a lady…"

"It's true, it was a funny affair."

"How was the affair?" asked Adelaide.

"Tito saw a young lady at a ball. The next day he shows up at her house and, without further ado, asks her for her hand. She answered… what did she answer to you?"

"She replied in writing that I was a fool and I should leave it alone. She didn't say positively foolish, but it was all the same. It must be confessed that such an answer was not proper. I took it back and never loved again."

"But did you love then?" asked Adelaide.

"I don't know if it was love," said Tito, "it was a thing… But look, this was a good five years ago. Since then no one else made my heart beat."

"Worse for you."

"I know!" Tito said with a shrug. "If I don't have the intimate joys of love, I have neither the displeasures nor the disappointments. And that's already a great fortune!"

"In true love there is none of that," Azevedo's wife said sententiously.

"There isn't? Let's leave the matter; I could give a speech on that purpose, but I'd rather…"

"You're staying with us," Azevedo cut him off. "That's settled."

"I don't intend to."

"But I do. You're staying."

"But if I have already sent the servant to take lodging in the hotel of Bragança…"

"Well, send a counter-order. You're staying with me."

"I insist on not disturbing your peace."

— Insisto em não perturbar a tua paz.

— Deixa-te disso.

— Fique! disse Adelaide.

— Ficarei.

— E amanhã, continuou Adelaide, depois de ter descansado, há de nos dizer qual é o segredo da isenção de que tanto se ufana.

— Não há segredo, disse Tito. O que há é isto: entre um amor que se oferece e... uma partida de voltarete, não hesito, atiro-me ao voltarete. A propósito, Ernesto, sabes que encontrei no Chile um famoso parceiro de voltarete? Fez a casca mais temerária que tenho visto... sabe o que é uma casca, minha senhora?

— Não, respondeu Adelaide.

— Pois eu lhe explico.

Azevedo olhou para fora e disse:

— Aí chega a D. Emília.

Com efeito à porta do jardim parava uma senhora dando o braço a um velho de cinquenta anos.

D. Emília era uma moça a que se pode chamar uma bela mulher; era alta na estatura e altiva no caráter. O amor que pudesse infundir seria por imposição. De suas maneiras e das suas graças inspirava um não sei quê de rainha que dava vontade de levá-la a um trono.

Trajava com elegância e simplicidade. Ela tinha essa elegância natural que é outra elegância diversa da elegância dos enfeites, a propósito da qual já tive ocasião de escrever esta máxima: "Que há pessoas elegantes, e pessoas enfeitadas."

Olhos negros e rasgados, cheios de luz e de grandeza, cabelos castanhos e abundantes, nariz reto como o de Safo, boca vermelha e breve, faces de cetim, colo e braços como os das estátuas, tais eram os traços da beleza de Emília.

"Forget about it."

"Stay!" said Adelaide.

"I'll stay."

"And tomorrow," continued Adelaide, "after you have rested, you must tell us the secret of the exemption you so much boast about."

"There's no secret," said Tito. "This is what it is: between a love that offers itself and... a game of *voltarete*,[8] I don't hesitate, I throw myself to the *voltarete*. By the way, Ernesto, do you know that I met a famous *voltarete* partner in Chile? He made the most reckless *casca*[9] I've ever seen... you know what a *casca* is, ma'am?"

"No," said Adelaide.

"Well, I'll explain."

Azevedo looked outside and said:

"Here comes Mrs. Emília."

In fact, at the garden gate stood a lady arm-in-arm with an old man in his fifties.

Mrs. Emília was a young lady who could be called a beautiful woman; she was tall in height and haughty in character. The love she could infuse would be by imposition. In her manners and her graces she inspired a certain notion of a queen that would make you want to take her to a throne.

She wore elegance and simplicity. She had this natural elegance which is another elegance, different from the elegance of the embellishments, about which I have already had occasion to write this maxim: "That there are elegant people, and adorned people."

Black and slanted eyes, full of light and grandeur, abundant brown hair, straight Sapphic nose,[10] thin red lips, satin face, lap and arms like those of the statues, such were the features of Emília's beauty.

As for the old man who gave her his arm, he was, as I said, a man in his fifties. He was what is crudely called in Portuguese – an old dandy.

Quanto ao velho que lhe dava o braço, era, como disse, um homem de cinquenta anos. Era o que se chama em português chão e rude, – um velho gaiteiro. Pintado, espartilhado, via-se nele uma como que ruína do passado reconstruída por mãos modernas, de modo a ter esse aspecto bastardo que não é nem a austeridade da velhice, nem a frescura da mocidade. Não havia dúvida de que o velho devia ter sido um belo rapaz em seus tempos; mas presentemente, se algumas conquistas tivesse feito, só podia contentar-se com a lembrança delas.

Quando Emília entrou no jardim todos se achavam de pé. A recém-chegada apertou a mão a Azevedo e foi beijar Adelaide. Ia sentar-se na cadeira que Azevedo lhe oferecera quando reparou em Tito que se achava a um lado.

Os dois cumprimentaram-se, mas com ar diferente. Tito parecia tranquilo e friamente polido; mas Emília, depois de cumprimentá-lo, conservou os olhos fitos nele, como que avocando uma memória do passado.

Feitas as apresentações necessárias, e a Diogo Franco (é o nome do velho braceiro), todos tomaram assentos.

A primeira que falou foi Emília:

– Ainda hoje não vinha se não fosse a obsequiosidade do Sr. Diogo.

Adelaide olhou para o velho e disse:

– O Sr. Diogo é uma maravilha.

Diogo empertigou-se e murmurou com certo tom de modéstia:

– Nem tanto, nem tanto.

– É, é, disse Emília. Não é talvez uma, porém duas maravilhas. Ah! sabes que me vai fazer um presente?

– Um presente! exclamou Azevedo.

– É verdade, continuou Emília, um presente que mandou vir da Europa e lá dos confins; recordações das suas viagens de adolescente...

Diogo estava radiante.

30

Made-up, corseted, one saw in him something like a ruin of the past rebuilt by modern hands, so as to have this cross-bred aspect which is neither the austerity of old age nor the freshness of youth. There was no doubt that the old man must have been a handsome young man in his day; but presently, if he had made any achievements, he could be only content with the memory of them.

When Emília entered the garden everyone had already stood. The newcomer shook hands with Azevedo and went to kiss Adelaide. She was going to sit in the chair Azevedo had offered her when she noticed Tito standing beside him.

The two greeted each other, but with a different air. Tito looked calm and coolly polite; but Emília, after greeting him, kept her eyes fixed on him, as if she were evoking a memory from the past.

When the necessary presentations were made, and to Diogo Franco (the name of the strong-armed man), they all took seats.

The first one that spoke was Emília:

"I wouldn't have come today if it were not for Mr. Diogo's obsequiousness."

Adelaide looked at the old man and said:

"Mr. Diogo is a marvel."

Diogo straightened up and murmured with a certain tone of modesty:

"Not so much, not so much."

"Yes, yes," Emília said. "He's perhaps not one, but two marvels. Ah! You know he's going to present me a gift?"

"A gift!" exclaimed Azevedo.

"It's true," continued Emília, "a gift sent from Europe and beyond; memories of his adolescent travel…"

Diogo was beaming.

"It's insignificant," he said, looking at Emília.

"But what is it?" asked Adelaide.

– É uma insignificância, disse ele olhando ternamente para Emília.

– Mas o que é? perguntou Adelaide.

– É… adivinhem? É um urso branco!

– Um urso branco!

– Deveras?

– Está para chegar, mas só ontem é que me deu notícia dele. Que amável lembrança!

– Um urso! exclamou ainda Azevedo.

Tito inclinou-se ao ouvido do amigo, e disse em voz baixa:

– Com ele fazem dois.

Diogo jubiloso pelo efeito que causava a notícia do presente, mas iludido no caráter desse efeito, disse:

– Não vale a pena. É um urso que eu mandei vir; é verdade que eu pedi dos mais belos. Não sabem o que é um urso branco. Imaginem que é todo branco.

– Ah! disse Tito.

– É um animal admirável! tornou Diogo.

– Acho que sim, disse Tito. Ora imagina tu o que não será um urso branco que é todo branco. Que faz este sujeito? perguntou ele em seguida a Azevedo.

– Namora a Emília; tem cinquenta contos.

– E ela?

– Não faz caso dele.

– Diz ela?

– E é verdade.

Enquanto os dois trocavam estas palavras, Diogo brincava com os sinetes do relógio e as duas senhoras conversavam. Depois das últimas palavras entre Azevedo e Tito, Emília voltou-se para o marido de Adelaide e perguntou:

"Yeah… guess what? It's a white bear!"

"A white bear!"

"Really?"

"It's about to arrive, but it was only yesterday that I heard from him. What a lovely present!"

"A bear!" Azevedo exclaimed again.

Tito bent to his friend's ear, and said quietly:

"With him they'll be two."

Diogo, rejoiced at the effect that the news of the present caused, but, deluded in the character of this effect, said:

"It's worth nothing. It's a bear I've ordered; it's true that I asked for the most beautiful one. They don't know what a white bear is. Imagine that it's all white."

"Ah!" said Tito.

"It's an admirable animal!" said Diogo.

"I think so," said Tito. "Now imagine what won't be a white bear that is all white. What does this guy do?" he immediately asked Azevedo.

"He's dating Emília; he has fifty contos.[11]

"And her?"

"Doesn't care about him."

"She says?"

"And it's true."

As they exchanged these words, Diogo toyed with the signets of his watch and the two ladies talked. After the last words between Azevedo and Tito, Emília turned to Adelaide's husband and asked:

"What's this, Mr. Azevedo? So you celebrate a birthday in this house and you don't invite me?"

"But what about the rain?" said Adelaide.

"Ingrate! You know there is no rain in such cases."

"Besides," added Azevedo, "the party was organized so modestly."

— Dá-se isto, Sr. Azevedo? Então faz-se anos nesta casa e não me convidam?

— Mas a chuva? disse Adelaide.

— Ingrata! Bem sabes que não há chuva em casos tais.

— Demais, acrescentou Azevedo, fez-se a festa tão à capucha.

— Fosse como fosse, eu sou de casa.

— É que a lua-de-mel continua apesar de cinco meses, disse Tito.

— Aí vens tu com os teus epigramas, disse Azevedo.

— Ah! isso é mau, Sr. Tito!

— Tito? perguntou Emília a Adelaide em voz baixa.

— Sim.

— D. Emília não sabe ainda quem é o nosso amigo Tito, disse Azevedo. Eu até tenho medo de dizê-lo.

— Então é muito feio o que tem para dizer?

— Talvez, disse Tito com indiferença.

— Muito feio! exclamou Adelaide.

— O que é então? perguntou Emília.

— É um homem incapaz de amar, continuou Adelaide. Não pode haver maior indiferença para o amor… Em resumo, prefere a um amor… o quê? um voltarete.

— Disse-te isso? perguntou Emília.

— E repito, disse Tito. Mas note bem, não por elas, é por mim. Acredito que todas as mulheres sejam credoras da minha adoração; mas eu é que sou feito de modo que nada mais lhes posso conceder do que uma estima desinteressada.

Emília olhou para o moço e disse:

— Se não é vaidade, é doença.

— Há de me perdoar, mas eu creio que não é doença nem vaidade. É natureza: uns aborrecem as laranjas, outros aborrecem os amores; agora

"One way or the other, I'm family."

"The honeymoon is still going on even after five months," said Tito.

"Here you come with your epigrams," said Azevedo.

"Ah! This is bad, Mr. Tito!"

"Tito?" Emília asked Adelaide in a low voice.

"Yes."

"Mrs. Emília doesn't know yet who our friend Tito is," said Azevedo. "I'm even afraid of telling you."

"So, is it so bad what you have to tell?"

"Perhaps," Tito said indifferently.

"Very ugly!" exclaimed Adelaide.

"What is it then?" asked Emília.

"He's a man who cannot love," Adelaide continued. "There can be no greater indifference to love... In short, what do you prefer to a love... what? a *voltarete*."

"He told you that?" asked Emília.

"And I repeat," said Tito. "But notice, it's not for them, it's for me. I believe that all women are believers in my worship; but it's I who am made in such a way that I can give them nothing more than disinterested esteem."

Emília looked at the young man and said:

"If it's not vanity, it's a disease."

"You will forgive me, but I believe it's neither disease nor vanity; it's nature: some loathe oranges, others loathe love; now if the loathing comes because of the peels, I don't know; what is certain is that it's so."

"It's feral!" said Emília, looking at Adelaide.

"Feral, I?" said Tito, standing up. "I am silky, a lady, a miracle of gentleness... It really hurts me that I cannot be in the line of other men and I'm not, like everyone else, prone to receive the amorous impressions, but what do you want? It's not my fault."

se o aborrecimento vem por causa das cascas, não sei; o que é certo é que é assim.

— É ferino! disse Emília olhando para Adelaide.

— Ferino, eu? disse Tito levantando-se. Sou uma seda, uma dama, um milagre de brandura... Dói-me, deveras, que eu não possa estar na linha dos outros homens e não seja, como todos, propenso a receber as impressões amorosas, mas que quer? a culpa não é minha.

— Anda lá, disse Azevedo, o tempo te há de mudar.

— Mas quando? Tenho vinte e nove anos feitos.

— Já vinte e nove? perguntou Emília.

— Completei-os pela Páscoa.

— Não parece.

— São os seus bons olhos.

A conversa continuou por este modo, até que se anunciou o jantar. Emília e Diogo tinham jantado, ficaram apenas para fazer companhia ao casal Azevedo e a Tito, que declarou desde o princípio estar caindo de fome.

A conversa durante o jantar versou sobre coisas indiferentes.

Quando se servia o café apareceu à porta um criado do hotel em que morava Diogo; trazia uma carta para este, com indicação no sobrescrito de que era urgente. Diogo recebeu a carta, leu-a e pareceu mudar de cor. Todavia continuou a tomar parte na conversa geral. Aquela circunstância, porém, deu lugar a que Adelaide perguntasse a Emília:

— Quando te deixará este eterno namorado?

— Eu sei cá! respondeu Emília. Mas afinal de contas, não é mau homem! Tem aquela mania de me dizer no fim de todas as semanas que nutre por mim uma ardente paixão.

— Enfim, se não passa de declaração semanal.

— Não passa. Tem a vantagem de ser um braceiro infalível para a rua e um realejo menos mau dentro de casa. Já me contou umas

"Come on," said Azevedo, "time will change you."

"But when? I'm already twenty-nine years old."

"Already twenty-nine?" asked Emília.

"Last Easter."

"It doesn't show."

"It's your good eyes."

The conversation went on this way, until dinner was announced. Emília and Diogo had dined, and only stayed to keep company to the Azevedos and Tito, who had declared from the beginning to be starving.

The conversation over dinner dealt with indifferent things.

When coffee was being served, a servant of the hotel where Diogo lived was at the door; bringing him a letter, with an indication on the envelope that it was urgent. Diogo received the letter, read it, and seemed to change color. Yet he continued to take part in the general conversation. That circumstance, however, gave rise to Adelaide asking Emília:

"When will this eternal boyfriend leave you?"

"And do I know!" replied Emília. "But after all, he's not a bad man! He has this craze to tell me at the end of every week how he nurtures an ardent passion for me."

"Well, if it's nothing more than a weekly statement."

"It's not. He has the advantage of being an infallible strong-arm for the street and a less repetitive bore in the house. He already told me some fifty times about the love battles in which he entered. All he desires is to accompany me on a trip around the globe. When he tells me this, if it's evening, and it's almost always at night, I order tea, an excellent means of appeasing his amorous ardor. He enjoys tea like mad. He likes it as much as he likes me! But the thing with the white bear? And if he really sent for a bear?"

"Accept it."

cinquenta vezes as batalhas amorosas em que entrou. Todo o seu desejo é acompanhar-me a uma viagem à roda do globo. Quando me fala nisto, se é à noite, e é quase sempre à noite, mando vir o chá, excelente meio de aplacar-lhe os ardores amorosos. Gosta do chá que se péla. Gosta tanto como de mim! Mas aquela do urso branco? E se realmente mandou vir um urso?

— Aceita.

— Pois eu hei de sustentar um urso? Não me faltava mais nada!

Adelaide sorriu-se e disse:

— Quer me parecer que acabas por te apaixonar...

— Por quem? Pelo urso?

— Não, pelo Diogo.

Neste momento achavam-se as duas perto de uma janela. Tito conversava no sofá com Azevedo.

Diogo refletia profundamente, estendido numa poltrona.

Emília tinha os olhos em Tito. Depois de um silêncio, disse ela para Adelaide:

— Que achas ao tal amigo do teu marido? Parece um presumido. Nunca se apaixonou! É crível?

— Talvez seja verdade.

— Não acredito. Pareces criança! Diz aquilo dos dentes para fora...

— É verdade que não tenho maior conhecimento dele...

— Quanto a mim, pareceu-me não ser estranha aquela cara... mas não me lembro!

— Parece ser sincero... mas dizer aquilo é já atrevimento.

— Está claro...

— De que te ris?

— Lembra-me um do mesmo gênero que este, disse Emília. Foi já há tempos. Andava sempre a gabar-se da sua isenção. Dizia que todas as mulheres eram para ele vasos da China: admirava-as e nada mais.

"But I'll have to provide for a bear? That's all I needed!"

Adelaide smiled and said:

"It seems to me that you end up falling in love…"

"With whom? With the bear?"

"No, with Diogo."

At this moment they were both near a window. Tito was talking on the couch with Azevedo.

Diogo reflected deeply, stretched out in an armchair.

Emília had her eyes on Tito. After a silence, she said to Adelaide:

"What do you think of this friend of your husband? He seems to be presumptuous. Never fell in love! Is it believable?"

"Maybe it's true."

"I don't believe it. You're like a child! He says that as lip service…"

"It's true that I don't know him well…"

"As for me, it seemed to me that that face was not strange… but I don't remember!"

"He seems to be sincere… but to say that is already audacious."

"That's clear…"

"What are you laughing at?"

"It reminds me of one of his same types," said Emília. "It was a long time ago. He always bragged about his exemption. He said that all women were for him vases from China: he admired them and nothing else. Poor thing! Fell in less than a month. Adelaide, I saw him kiss the tip of my shoes… after which I despised him."

"What have you done?"

"Ah! I don't know what I did. Saint Cunning was the one who pulled off the miracle. I avenged the sex and took down a proud man."

"Well done!"

"It was no less than this one. But let's talk about serious things… I got the French fashion magazines…"

Coitado! Caiu em menos de um mês. Adelaide, vi-o beijar-me a ponta dos sapatos... depois do que desprezei-o.

— Que fizeste?

— Ah! não sei o que fiz. Santa Astúcia foi quem operou o milagre. Vinguei o sexo e abati um orgulhoso.

— Bem feito!

— Não era menos do que este. Mas falemos de coisas sérias... Recebi as folhas francesas de modas...

— Que há de novo?

— Muita coisa. Amanhã tas mandarei. Repara em um novo corte de mangas. É lindíssimo. Já mandei encomendas para a Corte. Em artigos de passeios há fartura e do melhor.

— Para mim quase que é inútil mandar.

— Por quê?

— Quase nunca saio de casa.

— Nem ao menos irás jantar comigo no dia de ano-bom!

— Oh! com toda a certeza!

— Pois vai... Ah! irá o homem? O Sr. Tito?

— Se estiver cá... e quiseres...

— Pois que vá, não faz mal... saberei contê-lo... Creio que não será sempre tão... incivil. Nem sei como podes ficar com esse sangue-frio! A mim faz-me mal aos nervos!

— É-me indiferente.

— Mas a injúria ao sexo... não te indigna?

— Pouco.

— És feliz.

— Que queres que eu faça a um homem que diz aquilo? Se não fosse casada era possível que me indignasse mais. Se fosse livre era provável que lhe fizesse o que fizeste ao outro. Mas eu não posso cuidar dessas coisas...

"What's new?"

"A lot of things. I'll send them to you tomorrow. Notice a new cut of sleeves. It's beautiful. I've already sent orders to the Court. There are plenty of travel articles in it and they are the best."

"It's almost useless to send them to me."

"Why?"

"I almost never leave the house."

"You're not even going to have dinner with me on New Year's Eve!"

"Oh! Surely!"

"So, you're going... Ah! Is the man going? Mr. Tito?"

"If he's here... and if you want..."

"Well, let him go, it won't hurt... I will know how to hold him back... I don't think he'll ever be so... uncivil. I don't know how you can keep this cold-blood! It disagrees with my nerves!"

"He's indifferent to me."

"But the insult to our sex... doesn't it upset you?"

"Little."

"You're lucky."

"What do you want me to do to a man who says that? If I weren't married it was possible I'd be more offended. If I was free I was likely to do what you did to the other. But I cannot take care of these things..."

"Not even listening to the preference to *voltarete*? To put us under the queen of hearts! And the air with which he says it! How calm, how indifferent!"

"It's bad! It's bad!"

"He deserves punishment..."

"He deserves it. Do you want to punish him?"

Emília made a gesture of disdain and said:

"It's not worth it."

"But you punished the other one."

— Nem ouvindo a preferência do voltarete? Pôr-nos abaixo da dama de copas! E o ar com que ele diz aquilo! Que calma, que indiferença!

— É mau! é mau!

— Merecia castigo...

— Merecia. Queres tu castigá-lo?

Emília fez um gesto de desdém e disse:

— Não vale a pena.

— Mas tu castigaste o outro.

— Sim... mas não vale a pena.

— Dissimulada!

— Por que dizes isso?

— Porque já te vejo meio tentada a uma nova vingança...

— Eu? Ora qual!

— Que tem? Não é crime...

— Não é, decerto; mas... veremos.

— Ah! serás capaz?

— Capaz? disse Emília com um gesto de orgulho ofendido.

— Beijar-te-á ele a ponta do sapato?

Emília ficou silenciosa por alguns momentos; depois apontando com o leque para a botina que lhe calçava o pé, disse:

— E hão de ser estes.

Emília e Adelaide se dirigiram para o lado em que se achavam os homens. Tito, que parecia conversar intimamente com Azevedo, interrompeu a conversa para dar atenção às senhoras. Diogo continuava mergulhado na sua meditação.

— Então o que é isso, Sr. Diogo? perguntou Tito. Está meditando?

— Ah! perdão, estava distraído!

— Coitado! disse Tito baixo a Azevedo.

Depois, voltando-se para as senhoras:

— Não as incomoda o charuto?

"Yes... but it's not worth it."

"Slyer!"

"Why are you saying that?"

"Because I already see you being tempted to a new revenge..."

"Me? Come on!"

"So what? It's not a crime..."

"It's not, for sure; but... we'll see."

"Ah! Will you be capable?"

"Capable?" Emília said with a gesture of offended pride.

"Will he kiss the tip of your shoe?"

Emília was silent for a few moments; then, pointing with the hand fan to the boot that shoed her foot, she said:

"And it will be these."

Emília and Adelaide went to the side where the men were. Tito, who seemed to converse intimately with Azevedo, interrupted the conversation to give his attention to the ladies. Diogo was still immersed in his meditation.

"So what is it, Mr. Diogo?" asked Tito. "Are you meditating?"

"Ah! Sorry, I was distracted!"

"Poor thing!" said Tito in undertone to Azevedo.

Then turning to the ladies:

"Doesn't the cigar bother you?"

"No, sir," said Emília.

"So can I continue to smoke?"

"Yes," said Adelaide.

"It's a bad habit, but it's my only vice. When I smoke it seems that I aspire to eternity. I'm enraptured and change my being. Divine invention!"

"They say it's great for heartbreak," Emília said with intent.

— Não senhor, disse Emília.

— Então, posso continuar a fumar?

— Pode, disse Adelaide.

— É um mau vício, mas é o meu único vício. Quando fumo parece que aspiro a eternidade. Enlevo-me todo e mudo de ser. Divina invenção!

— Dizem que é excelente para os desgostos amorosos, disse Emília com intenção.

— Isso não sei. Mas não é só isto. Depois da invenção do fumo não há solidão possível. É a melhor companhia deste mundo. Demais, o charuto é um verdadeiro *Memento homo*: convertendo-se pouco a pouco em cinzas, vai lembrando ao homem o fim real e infalível de todas as coisas: é o aviso filosófico, é a sentença fúnebre que nos acompanha em toda a parte. Já é um grande progresso... Mas estou eu a aborrecer com uma dissertação tão pesada. Hão de desculpar... que foi descuido. Ora, a falar a verdade, eu já vou desconfiando; Vossa Excelência olha com olhos tão singulares...

Emília, a quem era dirigida a palavra, respondeu:

— Não sei se são singulares, mas são os meus.

— Penso que não são os do costume. Está talvez Vossa Excelência a dizer consigo que eu sou um esquisito, um singular, um...

— Um vaidoso, é verdade.

— Sétimo mandamento: não levantar falsos testemunhos.

— Falsos, diz o mandamento.

— Não me dirá em que sou eu vaidoso?

— Ah! a isso não respondo eu.

— Por que não quer?

— Porque... não sei. É uma coisa que se sente, mas que se não pode descobrir. Respira-lhe a vaidade em tudo: no olhar, na palavra, no gesto... mas não se atina com a verdadeira origem de tal doença.

"I don't know about that. But that's not all. After the invention of smoke there is no loneliness possible. It's the best company in the world. Moreover, the cigar is a true Memento homo[12]: gradually becoming ashes, it reminds man of the real and infallible end of all things: it's the philosophical warning; it's the funeral sentence that accompanies us everywhere. It's already great progress... But I am annoying you with such heavy a dissertation. You have to forgive me... that was careless. Now, to speak the truth, I am already distrustful; Your Excellency looks with such singular eyes..."

Emília, to whom the word was addressed, answered:

"I don't know if they are singular, but they are mine."

"I don't think they're the usual ones. Is Your Excellency perhaps saying to herself that I am strange, singular, a..."

"A vain man, that's true."

"Seventh commandment: don't bear false testimony."[13]

"False, says the commandment."

"Will you not tell me in what I'm vain?"

"Ah! I don't answer that."

"Because you don't want?"

"Because... I don't know. It's something one feels but cannot find out. One can breathe his vanity in everything: in look, in word, in gesture... but one isn't aware of the true origin of such a disease."

"It's too bad. I would have had great pleasure hearing from your mouth the diagnosis of my illness. On the other hand, you can hear my diagnosis of yours... Your illness is... Should I say?"

"You can say it."

"It's a little contempt."

"Really?"

"Let's see that," said Azevedo, laughing.

Tito continued:

— É pena. Eu tinha grande prazer em ouvir da sua boca o diagnóstico da minha doença. Em compensação pode ouvir da minha o diagnóstico da sua... A sua doença é... Digo?

— Pode dizer.

— É um despeitozinho.

— Deveras?

— Vamos ver isso, disse Azevedo rindo-se.

Tito continuou:

— Despeito pelo que eu disse há pouco.

— Puro engano! disse Emília rindo-se.

— É com toda a certeza. Mas é tudo gratuito. Eu não tenho culpa de coisa alguma. A natureza é que me fez assim.

— Só a natureza?

— E um tanto de estudo. Ora vou expor-lhe as minhas razões. Veja se posso amar ou pretender: primeiro, não sou bonito...

— Oh!... disse Emília.

— Agradeço o protesto, mas continuo na mesma opinião: não sou bonito, não sou...

— Oh!... disse Adelaide.

— Segundo: não sou curioso, e o amor, se o reduzirmos às suas verdadeiras proporções, não passa de uma curiosidade; terceiro: não sou paciente, e nas conquistas amorosas a paciência é a principal virtude; quarto, finalmente: não sou idiota, porque, se com todos estes defeitos pretendesse amar, mostraria a maior falta de razão. Aqui está o que eu sou por natural e por indústria.

— Emília, parece que é sincero.

— Acreditas?

— Sincero como a verdade, disse Tito.

— Em último caso, seja ou não seja sincero, que tenho eu com isso?

— Eu creio que nada, disse Tito.

46

"Contempt for what I said earlier."

"Pure deceit!" said Emília, laughing.

"That's for sure. But it's all gratuitous. I'm not to blame for anything. Nature is what made me so."

"Just nature?"

"And a bit of study. Now I will tell you my reasons. See if I can love or have intentions: first I'm not handsome…"

"Oh!" said Emília.

"Thank you for the protest, but I still share the same opinion: I am not handsome, I am not…"

"Oh!" said Adelaide.

"Secondly, I'm not curious, and love, if we reduce it to its true proportions, is only a curiosity. Third: I'm not patient, and in amorous conquest, patience is the main virtue. Fourth, finally: I'm not an idiot, because, if I tried to love with all these flaws, I'd show the greatest lack of reason. Here is what I am by nature and by industry."

"Emília, he seems sincere."

"Do you believe it?"

"Sincere as the truth," said Tito.

"In the last case, whether you are sincere or not, what have I to do with it?"

"Nothing, I believe," said Tito.

II

On the day after the scenes described in the previous chapter passed, the sky understood that it should water with its tears the soil of the beautiful Petrópolis.

Tito, who was destined to see the whole city that day, was obliged to keep himself at home. He was a friend who didn't mind because when

II

No dia seguinte àquele em que se passaram as cenas descritas no capítulo anterior, entendeu o céu que devia regar com as suas lágrimas o solo da formosa Petrópolis.

Tito, que destinava esse dia a ver toda a cidade, foi obrigado a conservar-se em casa. Era um amigo que não incomodava, porque quando era de mais sabia escapar-se discretamente, e quando o não era, tornava-se o mais delicioso dos companheiros.

Tito sabia juntar muita jovialidade a muita delicadeza; sabia fazer rir sem saltar fora das conveniências. Acrescia que, voltando de uma longa e pitoresca viagem, trazia as algibeiras da memória (deixem passar a frase) cheias de vivas reminiscências. Tinha feito uma viagem de poeta e não de peralvilho. Soube ver e sabia contar. Estas duas qualidades, indispensáveis ao viajante, por desgraça são as mais raras. A maioria das pessoas que viajam nem sabem ver, nem sabem contar.

Tito tinha andado por todas as repúblicas do mar Pacífico, tinha vivido no México e em alguns estados americanos. Tinha depois ido à Europa no paquete da linha de New York. Viu Londres e Paris. Foi à Espanha, onde viveu a vida de Almaviva, dando serenatas às janelas das Rosinas de hoje. Trouxe de lá alguns leques e mantilhas. Passou à Itália e levantou o espírito à altura das recordações da arte clássica. Viu a sombra de Dante nas ruas de Florença; viu as almas dos doges pairando saudosas sobre as águas viúvas do mar Adriático; a terra de Rafael, de Virgílio e Miguel Ângelo foi para ele uma fonte viva de recordações do passado e de impressões para o futuro. Foi à Grécia, onde soube evocar o espírito das gerações extintas que deram ao gênio da arte e da poesia um fulgor que atravessou as sombras dos séculos.

Viajou ainda mais o nosso herói, e tudo viu com olhos de quem sabe ver e tudo contava com alma de quem sabe contar. Azevedo e Adelaide passavam horas esquecidas.

he was too much, he was wise to escape discreetly, and when he wasn't, he became the most delightful of companions.

Tito knew how to combine much joviality with much nicety; he knew how to make one laugh without lacking appropriateness. To add to that, returning from a long and picturesque journey, he carried pockets of memory (let the phrase pass) full of vivid recollections. He had made a trip as a poet, not a petty coxcomb. He knew how to see and knew how to tell. These two qualities, indispensable to the traveler, unfortunately are the rarest. Most people who travel neither know how to see nor can tell.

Tito had gone through all the republics of the Pacific Ocean, had lived in Mexico and in some American states. He had then gone to Europe on the liner from New York. He saw London and Paris. He went to Spain, where he lived the life of Almaviva, giving serenades at the windows of today's Rosinas.[14] He brought some hand fans and mantillas from there. He then went to Italy and raised his spirit living up to the memories of the classical art. He saw Dante's shadow in the streets of Florence; saw the souls of the doges hovering over the widowed waters of the Adriatic Sea. The land of Raphael, Virgil and Michelangelo was for him a living source of memories of the past and of impressions for the future. He went to Greece, where he knew how to evoke the spirit of the extinct generations that gave the genius of art and poetry a glow which crossed the shadows of the centuries.

Our hero traveled even farther, and he saw everything with the eyes of those who know how to see, and told everything the soul of one who knows how to tell. Azevedo and Adelaide spent forgotten hours.

"Of love," he said, "I only know that it's a four-letter word, somewhat euphonic, but harbinger of struggles and misfortunes. Good loves are full of happiness, because they have the virtue of not looking up to the stars of the sky; they're satisfied with suppers at midnight and some jaunts on horseback or at sea."

– Do amor, dizia ele, eu só sei que é uma palavra de quatro letras, um tanto eufônica, é verdade, mas núncia de lutas e desgraças. Os bons amores são cheios de felicidade, porque têm a virtude de não alçarem olhos para as estrelas do céu; contentam-se com ceias à meia-noite e alguns passeios a cavalo ou por mar.

Esta era a linguagem constante de Tito. Exprimia ela a verdade, ou era uma linguagem de convenção? Todos acreditavam que a verdade estava na primeira hipótese, até porque essa era de acordo com o espírito jovial e folgazão de Tito.

No primeiro dia da residência de Tito em Petrópolis, a chuva, como disse acima, impediu que os diversos personagens desta história se encontrassem. Cada qual ficou na sua casa. Mas o dia imediato foi mais benigno; Tito aproveitou o bom tempo para ir ver a risonha cidade da serra.

Azevedo e Adelaide quiseram acompanhá-lo; mandaram aparelhar três ginetes próprios para o ligeiro passeio.

Na volta foram visitar Emília. Durou poucos minutos a visita. A bela viúva recebeu-os com graça e cortesia de princesa. Era a primeira vez que Tito lá ia; e fosse por isso, ou por outra circunstância, foi ele quem mereceu as principais atenções da dona da casa.

Diogo, que então fazia a sua centésima declaração de amor a Emília, e a quem Emília acabava de oferecer uma chávena de chá, não viu com bons olhos a demasiada atenção que o viajante merecia da dama dos seus pensamentos. Essa, e talvez outras circunstâncias, faziam com que o velho Adônis assistisse à conversação com a cara fechada.

À despedida Emília ofereceu a casa a Tito, com a declaração de que teria a mesma satisfação em recebê-lo muitas vezes. Tito aceitou cavalheiramente o oferecimento; feito o que, saíram todos.

Cinco dias depois desta visita Emília foi à casa de Adelaide. Tito não estava presente; andava a passeio. Azevedo tinha saído para um negócio, mas voltou daí a alguns minutos. Quando, depois de uma hora

This was Tito's constant language. Did it express the truth, or was it a language of convention? Everyone believed that the truth was in the first hypothesis, especially since this was in accordance to Tito's jovial and playful spirit.

On the first day of Tito's residence in Petrópolis, the rain, as I said above, prevented the various characters in this story from meeting. Each one stayed in his own house. But the next day was more benign; Tito took advantage of the good weather to go see the smiling city of the mountains.

Azevedo and Adelaide wanted to accompany him; they sent three jennets, appropriate for the short ride.

On the way back they went to see Emília. The visit lasted only a few minutes. The beautiful widow received them with the grace and courtesy of a princess. It was the first time Tito was there; and for this, or for another circumstance, it was he who deserved the main attentions of the mistress of the house.

Diogo, who was making his hundredth declaration of love to Emília, and to whom Emília had just offered a cup of tea, wasn't in favor of the attention the traveler deserved from the lady of his thoughts. This, and perhaps other circumstances, made the old Adonis watch the conversation with a frown.

At the farewell Emília offered the house to Tito, with the declaration that she would have the same satisfaction in receiving him many times. Tito graciously accepted the offer. Then, everyone left.

Five days after this visit Emília went to Adelaide's house. Tito wasn't present; he had gone for a walk. Azevedo had gone out on business, but came back in a few minutes. When, after an hour of conversation, Emília was getting ready to go home, Tito entered.

"I was about to leave when you came in," Emília said. "We seem to be opposing on everything."

de conversa, Emília já de pé preparava-se para voltar à casa, entrou Tito.

— Ia sair quando entrou, disse Emília. Parece que nos contrariamos em tudo.

— Não é por minha vontade, respondeu Tito; pelo contrário, meu desejo é não contrariar pessoa alguma, e portanto não contrariar Vossa Excelência.

— Não parece.

— Por quê?

Emília sorriu e disse com uma inflexão de censura:

— Sabe que me daria prazer se se utilizasse do oferecimento de minha casa; ainda se não utilizou. Foi esquecimento?

— Foi.

— É muito amável...

— Sou muito franco. Eu sei que Vossa Excelência preferia uma delicada mentira; mas eu não conheço nada mais delicado que a verdade.

Emília sorriu.

Nesse momento entrou Diogo.

— Ia sair, D. Emília? perguntou ele.

— Esperava o seu braço.

— Aqui o tem.

Emília despediu-se de Azevedo e de Adelaide. Quanto a Tito, no momento em que ele se curvava respeitosamente, Emília disse-lhe com a maior placidez da alma:

— Há alguém tão delicado como a verdade: é o Sr. Diogo. Espero dizer o mesmo...

— De mim? interrompeu Tito. Amanhã mesmo.

Emília saiu pelo braço de Diogo.

No dia seguinte, com efeito, Tito foi à casa de Emília. Ela o esperava com certa impaciência. Como não soubesse a hora em que ele devia

"That's not by my will," answered Tito; "on the contrary, my desire isn't to oppose anyone, and therefore not to oppose Your Excellency."

"It doesn't seem so."

"Why?"

Emília smiled and said with an inflection of reproach:

"You know I'd be happy if you used the offer for my house; still you haven't. Was it forgetfulness?"

"It was."

"You're very kind…"

"I'm very frank. I know that Your Excellency preferred a delicate lie; but I know nothing more delicate than the truth."

Emília smiled.

At that moment Diogo entered.

"Were you going out, Mrs. Emília?" he asked.

"I was waiting for your arm."

"Here you have it."

Emília bid farewell to Azevedo and Adelaide. As for Tito, when he bowed respectfully, Emília said to him with the greatest calm of the soul:

"There's someone as delicate as the truth: it's Mr. Diogo. I hope to say the same…"

"Of me?" interrupted Tito. "Tomorrow."

Emília left holding Diogo's arm.

The next day Tito went to Emília's house. She was waiting with some impatience. Since she didn't know the time when he should be there, the beautiful widow had been waiting for him every moment since morning. It wasn't until evening that Tito deigned to show up.

Emília lived with an old aunt. She was a good lady, friend of her niece, and a complete slave to her will. This means that there was no fear in Emília that the good aunt didn't approve it in advance.

apresentar-se lá, a bela viúva esperou-o a todos os momentos, desde manhã. Só ao cair da tarde é que Tito dignou-se aparecer.

Emília morava com uma tia velha. Era uma boa senhora, amiga da sobrinha, e inteiramente escrava da sua vontade. Isto quer dizer que não havia em Emília o menor receio que a boa tia não assinasse de antemão.

Na sala em que Tito foi recebido não estava ninguém. Ele teve portanto tempo de sobra para examiná-la à vontade. Era uma sala pequena, mas mobiliada e adornada com gosto. Móveis leves, elegantes e ricos; quatro finíssimas estatuetas, copiadas de Pradier, um piano de Erard, tudo disposto e arranjado com vida.

Tito gastou o primeiro quarto de hora no exame da sala e dos objetos que a enchiam. Esse exame devia influir muito no estudo que ele quisesse fazer do espírito da moça. Dize-me como moras, dirte-ei quem és.

Mas o primeiro quarto de hora correu sem que aparecesse vivalma, nem que se ouvisse rumor de natureza alguma. Tito começou a impacientar-se. Já sabemos que espírito brusco era ele, apesar da suprema delicadeza que todos lhe reconheciam. Parece, porém, que a sua rudeza, quase sempre exercida contra Emília, era antes estudada que natural. O que é certo é que no fim de meia hora, aborrecido pela demora, Tito murmurou consigo:

– Quer tomar desforra!

E tomando o chapéu que havia posto numa cadeira ia dirigindo-se para a porta quando ouviu um farfalhar de sedas. Voltou a cabeça; Emília entrava.

– Fugia?

– É verdade.

– Perdoe a demora.

– Não há que perdoar; não podia vir, era natural que fosse por algum motivo sério. Quanto a mim não tenho igualmente de que pedir perdão. Esperei, estava cansado, voltaria em outra ocasião. Tudo isto é natural.

There was no one in the room where Tito was received. Therefore he had plenty of time to examine it at will. It was a small room, but furnished and adorned with taste. Light, elegant, and rich furniture; four of the finest statuettes, copied from Pradier[15]; a piano by Erard[16]; all disposed and arranged with life.

Tito spent the first quarter of an hour examining the room and the objects which filled it. This examination was to have a great influence on his study of the young lady's spirit. Tell me how you live, I'll tell you who you are.

But the first quarter of an hour passed without a soul appearing, nor was there any rumor of any kind. Tito began to grow impatient. We already know how rough-hewn he was, despite the supreme politeness that everyone recognized. It seems, however, that his coarseness, almost always exercised against Emília, was studied rather than natural. What is certain is that at the end of half an hour, annoyed by the delay, Tito muttered to himself:

"You want to take revenge!"

And taking the hat he had put on a chair, he was heading for the door when he heard a rustling of silks. He turned his head; Emília was coming in.

"Were you fleeing?"

"It's true."

"Forgive me the delay."

"There is nothing to forgive; you couldn't come, naturally it was for some serious reason. As for me, I don't have to ask for forgiveness. I waited, I was tired, I'd come back another time. All this is natural."

Emília offered Tito a chair and sat down on a couch.

"Actually," she said, seating her balloon skirt, "Mr. Tito is an original man."

Emília ofereceu uma cadeira a Tito e sentou-se num sofá.

– Realmente, disse ela acomodando o balão, o Sr. Tito é um homem original.

– É a minha glória. Não imagina como eu aborreço as cópias. Fazer o que muita gente faz, que mérito há nisso? Não nasci para esses trabalhos de imitação.

– Já uma coisa fez como muita gente.

– Qual foi?

– Prometeu-me ontem esta visita e veio cumprir a promessa.

– Ah! minha senhora, não lance isto à conta das minhas virtudes. Podia não vir; vim, não foi vontade, foi... acaso.

– Em todo caso, agradeço-lhe.

– É o meio de me fechar a sua porta.

– Por quê?

– Porque eu não me dou com esses agradecimentos; nem creio mesmo que eles possam acrescentar nada à minha admiração pela pessoa de Vossa Excelência. Fui visitar muitas vezes as estátuas dos museus da Europa, mas se elas se lembrassem de me agradecer um dia, dou-lhe a minha palavra que não voltava lá.

A estas palavras seguiu-se um silêncio de alguns segundos.

Emília foi quem falou primeiro.

– Há muito tempo que se dá com o marido de Adelaide?

– Desde criança, respondeu Tito.

– Ah! foi criança?

– Ainda hoje sou.

– É exatamente o tempo das minhas relações com Adelaide. Nunca me arrependi.

– Nem eu.

– Houve um tempo, prosseguiu Emília, em que estivemos separadas; mas isso não trouxe mudança alguma às nossas relações. Foi no tempo do meu primeiro casamento.

56

"It's my glory. You cannot imagine how I hate copies. To do what many people do, what merit is there in this? I was not born for these works of imitation."

"You've done something like a lot of people do."

"What was that?"

"You promised me this visit yesterday and you came to keep the promise."

"Ah! My lady, don't put this on the account of my virtues. He could have not come; I came, it wasn't will, it was… chance."

"Anyway, thank you."

"It's the way to close your door to me."

"Why?

"Because I don't get along with thankfulness nor believe that it can add anything to my admiration for Your Excellency's person. Many times I went to visit the statues of the museums of Europe, but if they remembered to thank me one day, I give you my word that I wouldn't go back there."

To these words followed a silence of a few seconds.

Emília spoke first.

"Have you known Adelaide's husband a long time?"

"Since a child," said Tito.

"Ah! You were a child?"

"I still am today."

"It's exactly the time of my relations with Adelaide. I've never regretted it."

"Me neither."

"There was a time," Emília went on, "that we were separated; but this didn't bring any change to our relations. It was at the time of my first marriage."

"Ah! Were you married twice?"

— Ah! foi casada duas vezes?

— Em dois anos.

— E por que enviuvou da primeira?

— Porque meu marido morreu, disse Emília rindo-se.

— Mas eu pergunto outra coisa. Por que se fez viúva, mesmo depois da morte de seu primeiro marido? Creio que poderia continuar casada.

— De que modo? perguntou Emília com espanto.

— Ficando mulher do finado. Se o amor acaba na sepultura acho que não vale a pena procurá-lo neste mundo.

— Realmente o Sr. Tito é um espírito fora do comum.

— Um tanto.

— É preciso que o seja para desconhecer que a nossa vida não comporta essas exigências da eterna fidelidade. E demais, pode-se conservar a lembrança dos que morrem sem renunciar às condições da nossa existência. Agora é que eu lhe pergunto por que me olha com olhos tão singulares?...

— Não sei se são singulares, mas são os meus.

— Então, acha que eu cometi uma bigamia?

— Eu não acho nada. Ora, deixe-me dizer-lhe a última razão da minha incapacidade para os amores.

— Sou toda ouvidos.

— Eu não creio na fidelidade.

— Em absoluto?

— Em absoluto.

— Muito obrigada.

— Ah! eu sei que isto não é delicado; mas em primeiro lugar, eu tenho a coragem das minhas opiniões, e em segundo foi Vossa Excelência quem me provocou. É infelizmente verdade, eu não creio nos amores leais e eternos. Quero fazê-la minha confidente. Houve um dia em que eu tentei amar; concentrei todas as forças vivas do meu coração; dispus-me a reunir o meu orgulho e a minha ilusão na cabeça do objeto

"In two years."

"And why did you become widowed the first time?"

"Because my husband died," Emília said, laughing.

"But I'll ask you something else. Why did you become a widow, even after the death of your first husband? I think you might still be married."

"How?" Emília asked in amazement.

"Becoming the deceased's wife. If love ends up in the grave, I don't think it's worth looking for in this world."

"Mr. Tito really is a spirit out of the ordinary."

"A little."

"One must be so that one ignores that our life doesn't admit these demands of eternal fidelity. And besides, one can keep the memory of those who die without renouncing the conditions of our existence. Now I ask why you look at me with such singular eyes?"

"I don't know if they are singular, but they are mine. So you think I committed bigamy?"

"I don't think anything. Now, let me tell you the last reason for my inability to love."

"I'm all ears."

"I don't believe in fidelity."

"Not at all?"

"Not at all."

"Thank you."

"Ah! I know this is not polite; but in the first place, I have the courage of my opinions, and secondly it was Your Excellency who provoked me. It's unfortunately true, I don't believe in loyal and eternal loves. I want to make you my confidante. There was a day that I tried to love; I concentrated all the living forces of my heart; I set about gathering my pride and my illusion at the head of the beloved object. What a master

amado. Que lição mestra! O objeto amado, depois de me alimentar as esperanças, casou-se com outro que não era nem mais bonito, nem mais amante.

— Que prova isso? perguntou a viúva.

— Prova que me aconteceu o que pode acontecer e acontece diariamente aos outros.

— Ora...

— Há de me perdoar, mas eu creio que é uma coisa já metida na massa do sangue.

— Não diga isso. É certo que podem acontecer casos desses; mas serão todos assim? Não admite uma exceção? Aprofunde mais os corações alheios se quiser encontrar a verdade... e há de encontrar.

— Qual! disse Tito abaixando a cabeça e batendo com a bengala na ponta do pé.

— Posso afirmá-lo, disse Emília.

— Duvido.

— Tenho pena de uma criatura assim, continuou a viúva. Não conhecer o amor é não conhecer a vida! Há nada igual à união de duas almas que se adoram? Desde que o amor entra no coração, tudo se transforma, tudo muda, a noite parece dia, a dor assemelha-se ao prazer... Se não conhece nada disto, pode morrer, porque é o mais infeliz dos homens.

— Tenho lido isso nos livros, mas ainda não me convenci...

— Já reparou na minha sala?

— Já vi alguma coisa.

— Reparou naquela gravura?

Tito olhou para a gravura que a viúva lhe indicava.

— Se me não engano, disse ele, aquilo é o amor domando as feras.

— Veja e convença-se.

— Com a opinião do desenhista? perguntou Tito. Não é possível. Tenho visto gravuras vivas. Tenho servido de alvo a muitas setas;

lesson! The beloved object, after giving me hope, married another who was neither handsome nor more loving."

"What does that prove?" asked the widow.

"It proves that what has happened to me can and happens to others on a daily basis."

"Now..."

"You will forgive me, but I believe it's something already in the blood."

"Don't say that. Admittedly, such cases may occur; but are they all like this? Don't you admit an exception? Dig deeper into the hearts of others if you want to find the truth... and you will find it."

"What!" said Tito, bowing his head and tapping his cane on the tip of his foot.

"I can assert it," Emília said.

"I doubt it."

"I pity such a creature," continued the widow. "Not knowing love is not knowing life! Is there anything like the union of two souls who worship each other? Since love enters the heart, everything transforms, everything changes, night seems day, pain resembles pleasure... If you don't know any of this, you can die, because you're the most unfortunate of men."

"I've read this in the books, but I'm still not convinced..."

"Have you already noticed my living room?"

"I've seen something."

"Have you noticed that picture?"

Tito looked at the picture the widow was telling him about.

"If I'm not mistaken," he said, "that is love taming the beasts."

"Look and be convinced."

"With the designer's opinion?" asked Tito. "It's not possible. I have seen the paintings live. I have been the target of many arrows; they

crivam-me todo, mas eu tenho a fortaleza de São Sebastião; afronto, não me curvo.

— Que orgulho!

— O que pode fazer dobrar uma altivez destas? A beleza? Nem Cleópatra. A castidade? Nem Susana. Resuma, se quiser, todas as qualidades em uma só criatura, e eu não mudarei... É isto e nada mais.

Emília levantou-se e dirigiu-se para o piano.

— Não aborrece a música? perguntou ela abrindo o piano.

— Adoro-a, respondeu o moço sem se mover; agora quanto aos executantes só gosto dos bons. Os maus dão-me ímpetos de enforcá-los.

Emília executou ao piano os prelúdios de uma sinfonia. Tito ouvia-a com a mais profunda atenção.

Realmente a bela viúva tocava divinamente.

— Então, disse ela levantando-se, devo ser enforcada?

— Deve ser coroada. Toca perfeitamente.

— Outro ponto em que não é original. Toda a gente me diz isso.

— Ah! eu também não nego a luz do sol.

Neste momento entrou na sala a tia de Emília. Esta apresentou-lhe Tito. A conversa tomou então um tom pessoal e reservado; durou pouco, aliás, porque Tito, travando repentinamente do chapéu, declarou que tinha que fazer.

— Até quando?

— Até sempre.

Despediu-se e saiu.

Emília ainda o acompanhou com os olhos por algum tempo, da janela da casa. Mas Tito, como se o caso não fosse com ele, seguiu sem olhar para trás.

Mas, exatamente no momento em que Emília voltava para dentro, Tito encontrava o velho Diogo.

Diogo ia na direção da casa da viúva. Tinha um ar pensativo. Tão distraído ia que chegou quase a esbarrar com Tito.

riddle me all over, but I have the fortress of San Sebastian; I confront, I don't bow down.

"Such pride!"

"What can bend such haughtiness? The beauty? Not even Cleopatra. Chastity? Not even Susana. Summarize, if you will, all the qualities in one creature, and I will not change… It's this and nothing else."

Emília got up and went to the piano.

"Doesn't music bother you?" she asked, opening the piano.

"I adore it," replied the young man without moving; "now as for the performers I only like the good ones. The wicked ones give me the urge to hang them."

Emília performed at the piano the preludes of a symphony. Tito listened to her with the most profound attention.

The beautiful widow really played divinely.

"So," she said, getting up, "should I be hanged?"

"You must be crowned. You play perfectly."

"Another point where you're not original. Everybody tells me that."

"Ah! I don't deny the sunshine either."

At that moment Emília's aunt entered the room. She introduced him to Tito. The conversation then took a personal and reserved tone; it didn't last long, because Tito, suddenly grabbing his hat, declared that he had something to do.

"Until when?"

"Until forever."

He said goodbye and left.

Emília still followed him with her eyes for some time, from the window of the house. But Tito, as if he didn't care, went without looking back.

But just as Emília was coming back inside, Tito met old Diogo.

— Onde vai tão distraído? perguntou Tito.

— Ah! é o senhor? Vem da casa de D. Emília?

— Venho.

— Eu para lá vou. Coitada! há de estar muito impaciente com a minha demora...

— Não está, não senhor, respondeu Tito com o maior sangue-frio.

Diogo lançou-lhe um olhar de despeito.

A isso seguiu-se um silêncio de alguns minutos, durante o qual Diogo brincava com a corrente do relógio, e Tito lançava ao ar novelos de fumaça de um primoroso havana. Um desses novelos foi desenrolar-se na cara de Diogo. O velho tossiu e disse a Tito:

— Apre lá, Sr. Tito! É demais!

— O quê, meu caro senhor? perguntou o rapaz.

— Até a fumaça!

— Foi sem reparar. Mas eu não compreendo as suas palavras...

— Eu me faço explicar, disse o velho tomando um ar risonho. Dê-me o seu braço...

— Pois não!

E os dois seguiram conversando como dois amigos velhos.

— Estou pronto a ouvir a sua explicação.

— Lá vai. Sabe o que eu quero? É que seja franco. Não ignora que eu suspiro aos pés da viúva. Peço-lhe que não discuta o fato, admita-o simplesmente. Até aqui tudo ia caminhando bem, quando o senhor chegou a Petrópolis.

— Mas...

— Ouça-me silenciosamente. Chegou o senhor a Petrópolis, e sem que eu lhe tivesse feito mal algum, entendeu de si para si que me havia de tirar do lance. Desde então começou a corte...

— Meu caro Sr. Diogo, tudo isso é uma fantasia. Eu não faço a corte a D. Emília, nem pretendo fazer-lha. Vê-me acaso frequentar a casa dela?

— Acaba de sair de lá.

Diogo was heading for the widow's house. He looked pensive. He was so distracted that he almost bumped into Tito.

"Where are you going so distracted?" asked Tito.

"Ah! It's you, sir? Are you coming from Mrs. Emília's house?"

"I am."

"I'm going there. Poor thing! She must be very impatient with my delay…"

"She is not, no sir," said Tito with the greatest cold-bloodedness.

Diogo gave him a look of spite.

This was followed by a silence of a few minutes, during which Diogo played with the chain of his watch, and Tito threw clouds of smoke from an exquisite Havana into the air. One of those clouds unfolded in Diogo's face. The old man coughed and said to Tito:

"Come on, Mr. Tito! It's too much!"

"What, my dear sir?" asked the young man.

"Even your smoke!"

"I didn't notice. But I don't understand your words…"

"I'll explain myself," the old man said, smiling. "Give me your arm…"

"Certainly!"

And they went on talking like two old friends.

"I'm ready to listen to your explanation."

"There you go. Do you know what I want? That you be frank. You don't ignore that I sigh at the widow's feet. I beg you not to discuss the fact, simply admit it. So far everything was going well then you arrived in Petrópolis."

"But…"

"Listen to me silently. Sir, you arrive in Petrópolis, and without any harm done to you, you understood to yourself that you'd take me out of the way. Since then the courting began…"

— É a primeira vez que a visito.

— Quem sabe?

— Demais, ainda ontem não ouviu em casa de Azevedo as expressões com que ela se despediu de mim? Não são de mulher que...

— Ah! isso não prova nada. As mulheres, e sobretudo aquela, nem sempre dizem o que sentem...

— Então acha que aquela sente alguma coisa por mim?...

— Se não fosse isso, não lhe falaria.

— Ah! ora eis aí uma novidade.

— Suspeito apenas. Ela só me fala do senhor; indaga-me vinte vezes por dia de sua pessoa, dos seus hábitos, do seu passado e das suas opiniões... Eu, como há de acreditar, respondo a tudo que não sei, mas vou criando um ódio ao senhor, do qual não me poderá jamais criminar.

— É culpa minha se ela gosta de mim? Ora, vá descansado, Sr. Diogo. Nem ela gosta de mim, nem eu gosto dela. Trabalhe desassombradamente e seja feliz.

— Feliz! se eu pudesse ser! Mas não... não creio; a felicidade não se fez para mim. Olhe, Sr. Tito, amo aquela mulher como se pode amar a vida. Um olhar dela vale mais para mim que um ano de glórias e de felicidade. É por ela que eu tenho deixado os meus negócios à toa. Não viu outro dia que uma carta me chegou às mãos, cuja leitura me fez entristecer? Perdi uma causa. Tudo por quê? Por ela!

— Mas ela não lhe dá esperanças?

— Eu sei o que é aquela moça! Ora trata-me de modo que eu vou ao sétimo céu; ora é tal a sua indiferença que me atira ao inferno. Hoje um sorriso, amanhã um gesto de desdém. Ralha-me de não visitá-la; vou visitá-la, ocupa-se tanto de mim como de Ganimedes; Ganimedes é o nome de um cãozinho felpudo que eu lhe dei. Importa-se tanto comigo como com o cachorro... É de propósito. É um enigma aquela moça.

— Pois não serei eu quem o decifre, Sr. Diogo. Desejo-lhe muita felicidade. Adeus.

"My dear Mr. Diogo, this is all fantasy. I'm not courting Mrs. Emília, nor do I intend to do so. Do you see me frequenting her house?"

""You've just come out of there."

"This is the first time I've visited her."

"Who knows?"

"Besides, just yesterday didn't you hear at Azevedo's house the expressions with which she said goodbye to me? They're not from a woman who..."

"Ah! It doesn't prove anything. Women, and especially that one, don't always say what they feel..."

"So you think that she feels something for me?"

"If it wasn't for that, I wouldn't talk to you."

"Ah! Now there is something new."

"I only suspect. She only talks to me about you; she asks me twenty times a day of your person, your habits, your past and your opinions... I, as you will believe, reply that I don't know to everything, but I'm starting to hate you, for which you cannot ever incriminate me."

"Is it my fault if she likes me? Well, rest assured, Mr. Diogo. Neither does she like me, nor do I like her. Work unfazed and be happy."

"Happy! If I could be! But no... I don't believe it; happiness wasn't made for me. Look, Mr. Tito, I love that woman as one can love life. A look from her is worth more to me than a year of glory and happiness. It's for her that I have left my business adrift. Don't you know that the other day a letter came to me, the reading of which made me sad? I lost a cause. Why? Because of her!"

"But doesn't she give you hope?"

"I know what that young lady is like! Sometimes she treats me so that I go to seventh heaven; sometimes such is her indifference that she throws me into hell. Today a smile, tomorrow a gesture of disdain. It annoys me not to visit her; I'm going to visit her, she cares as much for

E os dois separaram-se. Diogo seguiu para a casa de Emília, Tito para a casa de Azevedo.

Tito acabava de saber que a viúva pensava nele; todavia, isso não lhe dera o menor abalo. Por quê? É o que saberemos mais adiante. O que é preciso dizer desde já, é que as mesmas suspeitas despertadas no espírito de Diogo, tivera a mulher de Azevedo. A intimidade de Emília dava lugar a uma franca interrogação e a uma confissão franca. Adelaide, no dia seguinte àquele em que se passou a cena que referi acima, disse a Emília o que pensava.

A resposta da viúva foi uma risada.

— Não te compreendo, disse a mulher de Azevedo.

— É simples, disse a viúva. Julgas-me capaz de apaixonar-me pelo amigo de teu marido? Enganas-te. Não, eu não o amo. Somente, como te disse no dia em que o vi aqui pela primeira vez, empenho-me em tê-lo a meus pés. Se bem me recordo foste tu mesma quem me deu o conselho. Aceitei-o. Hei de vingar o nosso sexo. É um pouco de vaidade minha, embora; mas eu creio que aquilo que nenhuma fez, fá-lo-ei eu.

— Ah! cruelzinha! É isso?

— Nem mais, nem menos.

— Achas possível?

— Por que não?

— Reflete que a derrota será dupla...

— Será, mas não há de haver.

Esta conversa foi interrompida por Azevedo. Um sinal de Emília fez calar Adelaide. Ficou convencionado que nem mesmo Azevedo saberia de coisa alguma. E, com efeito, Adelaide nada comunicou a seu marido.

III

Tinham-se passado oito dias depois do que acabo de narrar.

me as for Ganymede.[18] Ganymede is the name of a fluffy dog that I gave her. She cares about me as much as for the dog... It's on purpose. She's an enigma that young lady."

"Well, I won't be the one to decipher her, Mr. Diogo. I wish you much happiness. Goodbye."

And the two went their own ways. Diogo went to Emília's house, Tito to Azevedo's house.

Tito had just learned that the widow thought about him; but that had not given him the slightest shock. Why? This is what we will know later. What must be said right now is that Azevedo's wife had had the same suspicions that were aroused in the Diogo's spirit. Emília's intimacy gave way to a frank questioning and a frank confession. Adelaide, the day after the scene that I mentioned above, told Emília what she thought.

The widow's answer was a laugh.

"I don't understand you," said Azevedo's wife.

"It's simple," said the widow. "Do you think I can fall in love with your husband's friend? You're mistaken. No, I don't love him. It's just that, as I told you the day I saw him here for the first time, I strive to have him at my feet. If I remember correctly you were the one who gave me the advice. I accepted it. I will avenge our sex. It's a little of my vanity, though; but I believe that I will do what no other woman has done."

"Ah! Cruel young lady! Is that it?"

"Nothing more, nothing less."

"Do you think it's possible?"

"Why not?"

"Consider that the defeat will be double..."

"It will, but it might not be."

This conversation was interrupted by Azevedo. A sign from Emília quieted Adelaide. It was agreed that even Azevedo would know nothing of it. And, indeed, Adelaide communicated nothing to her husband.

Tito, como o temos visto até aqui, estava no terreno do primeiro dia. Passeava, lia, conversava e parecia inteiramente alheio aos planos que se tramavam em roda dele. Durante esse tempo foi apenas duas vezes à casa de Emília, uma com a família de Azevedo, outra com Diogo. Nestas visitas era sempre o mesmo, frio, indiferente, impassível. Não havia olhar, por mais sedutor e significativo, que o abalasse; nem a idéia de que andava no pensamento da viúva era capaz de animá-lo.

— Por que, ao menos, se não é capaz de amar, não procura entreter um desses namoros de sala, que tanto lisonjeiam a vaidade dos homens?

Esta pergunta era feita por Emília a si mesma, sob a impressão da estranheza que lhe causava a indiferença do rapaz. Ela não compreendia que Tito pudesse conservar-se de gelo diante dos seus encantos. Mas infelizmente era assim.

Cansada de trabalhar em vão, a viúva determinou dar um golpe mais decisivo. Encaminhou a conversa para as doçuras do casamento e lamentou o estado de sua viuvez. O casal Azevedo era para ela o tipo da perfeita felicidade conjugal. Apresentava-o aos olhos de Tito como um incentivo para quem queria ser venturoso na terra. Nada, nem a tese, nem a hipótese, nada moveu a frieza de Tito.

Emília jogava um jogo perigoso. Era preciso decidir entre os seus desejos de vingar o sexo e as conveniências da sua posição; mas ela era de um caráter imperioso; respeitava muito os princípios de sua moral severa, mas não acatava do mesmo modo as conveniências de que a sociedade cercava essa moral. A vaidade impunha-se no espírito dela, com força prodigiosa. Assim que a bela viúva foi usando todos os meios que era lícito empregar para fazer apaixonar Tito.

Mas, apaixonado ele, o que faria ela? A pergunta é ociosa; desde que ela o tivesse aos pés, trataria de conservá-lo aí fazendo parelha ao velho Diogo. Era o melhor troféu que uma beleza altiva pode ambicionar.

III

It had been eight days since what I've just told you.

Tito, as we have seen so far, was on the first day of the plot. He would walk, read, talk, and seem entirely oblivious to the plans that were crawling around him. During this time he went only twice to Emília's house, once with Azevedo's family, the other time with Diogo. These visits were always the same: cold, indifferent, impassive. There was no looks, however seductive and significant, that shook him; nor was the idea that he was in the widow's mind able to encourage him.

"Why don't you at least, if you cannot love, try to entertain one of those lounge dates, which flatter the vanity of men so much?"

This question was asked by Emília to herself, under the impression of the strangeness of the boy's indifference. She didn't understand that Tito could keep himself on ice before her charms. But unfortunately it was so.

Tired of working in vain, the widow was determined to make a more decisive blow. She led the conversation toward the sweetness of marriage and lamented the state of her widowhood. The Azevedos were to her the perfect type of marital bliss. She presented it to Tito's eyes as an incentive for those who wanted to be fortunate on earth. Nothing, neither the thesis, nor the hypothesis, nothing changed Tito's coldness.

Emília was playing a dangerous game. It was necessary to decide between her desires to avenge her sex and the conveniences of her position; but she was of an imperious character; she very much respected the principles of her severe morality, but she didn't likewise accept the conveniences of which society surrounded this morality. Vanity was in her spirit with a prodigious force. So that the beautiful widow was using all means that were lawful to employ to make Tito fall in love.

Uma manhã, oito dias depois das cenas referidas no capítulo anterior, apareceu Diogo em casa de Azevedo. Tinham aí acabado de almoçar; Azevedo subira para o gabinete, a fim de aviar alguma correspondência para a corte; Adelaide achava-se na sala do pavimento térreo.

Diogo entrou com uma cara contristada, como nunca se lhe vira. Adelaide correu para ele.

— Que é isso? perguntou ela.

— Ah! minha senhora... sou o mais infeliz dos homens!

— Por quê? Venha sentar-se...

Diogo sentou-se, ou antes deixou-se cair na cadeira que Adelaide lhe ofereceu. Esta tomou lugar ao pé dele, animou-o a contar as suas mágoas.

— Então que há?

— Duas desgraças, respondeu ele. A primeira em forma de sentença. Perdi mais uma demanda. É uma desgraça isto, mas não é nada...

— Pois há maior?...

— Há. A segunda desgraça foi em forma de carta.

— De carta? perguntou Adelaide.

— De carta. Veja isto.

Diogo tirou da carteira uma cartinha cor-de-rosa, cheirando à essência de magnólia.

Adelaide leu a carta para si.

Quando ela acabou, perguntou-lhe o velho:

— Que me diz a isto?

— Não compreendo, respondeu Adelaide.

— Esta carta é dela.

— Sim, e depois?

— É para ele.

— Ele quem?

— Ele! o diabo! o meu rival! o Tito!

But, when he was in love, what would she do? The question is idle; as long as she had him at her feet, she would try to keep him there in tandem with old Diogo. It was the best trophy a haughty beauty can covet.

One morning, eight days after the scenes mentioned in the previous episode, Diogo showed up at Azevedo's house. They had just finished lunch; Azevedo had gone upstairs to the office, to dispatch some correspondence to the Court; Adelaide was in the room on the ground floor.

Diogo entered with a sad face, as never seen before. Adelaide ran to him.

"What is it?" she asked.

"Ah! My lady... I am the most unhappy of men!"

"Why? Come and sit..."

Diogo sat down, or rather fell into the chair Adelaide offered him. She took place at his feet, encouraging him to tell her about his sorrows.

"So, what is it?"

"Two misfortunes," he replied. "The first in the form of a sentence. I lost another lawsuit. It's a disgrace, but this is nothing..."

"Why, is there more?..."

"There is. The second disgrace was in the form of a letter."

"A letter?" asked Adelaide.

"A letter. Look at this."

Diogo took out a rose-colored card from his wallet, which smelled of magnolia.

Adelaide read the letter to herself.

When she had finished, the old man asked her:

"What do you say to this?"

"I don't understand," said Adelaide.

"This is her letter."

— Ah!

— Dizer-lhe o que senti quando apanhei esta carta, é impossível. Nunca tremi na minha vida! Mas quando li isto, não sei que vertigem se apoderou de mim. Ando tonto! A cada passo como que desmaio... Ah!

— Ânimo! disse Adelaide.

— É isto mesmo que eu vinha buscar... é uma consolação, uma animação. Soube que estava aqui e estimei achá-la só... Ah! quanto sinto que o estimável seu marido esteja vivo... porque a melhor consolação era aceitar V. Ex. um coração tão mal compreendido.

— Felizmente ele está vivo.

Diogo soltou um suspiro e disse:

— Felizmente!

E depois de um silêncio continuou:

— Tive duas idéias: uma foi o desprezo; mas desprezá-los é pô-los em maior liberdade e ralar-me de dor e de vergonha; a segunda foi o duelo... é melhor... eu mato... ou...

— Deixe-se disso.

— É indispensável que um de nós seja riscado do número dos vivos.

— Pode ser engano...

— Mas não é engano, é certeza.

— Certeza de quê?

Diogo abriu o bilhete e disse:

— Ora, ouça: "Se ainda não me compreendeu é bem curto de penetração. Tire a máscara e eu me explicarei. Esta noite tomo chá sozinha. O importuno Diogo não me incomodará com as suas tolices. Dê-me a felicidade de vê-lo e admirá-lo. — Emília."

— Mas que é isto?

— Que é isto? Ah! se fosse mais do que isto já eu estava morto! Pude pilhar a carta, e a tal entrevista não se deu...

— Quando foi escrita a carta?

74

"Yes, and then?"

"It's for him."

"He who?"

"He! The devil! My rival! Tito!"

"Ah!"

"Telling you what I felt when I picked up this letter is impossible. I never shivered in my life! But when I read this, I don't know what vertigo has seized me. I'm dizzy! With each step I feel faint... Ah!"

"Courage!" said Adelaide.

"That's what I came for... some consolation, some encouragement. I knew you were here and I thought I'd find you alone... Ah! How much I grieve that your estimable husband is alive... because the best consolation would be for Your Excellency to accept such a misunderstood heart.

"Fortunately he's alive."

Diogo let out a sigh and said.

"Fortunately!"

And after a silence he continued:

"I had two ideas: one was contempt; but to feel contempt for them is to put them in greater freedom and to shred myself with pain and shame; the second was the duel... it's better... I kill... or..."

"Leave it alone."

"It's indispensable that one of us be scratched out from the book of the living."

"It could be a mistake..."

"But it's not a mistake, it's a certainty."

"Certainty of what?"

Diogo opened the note and said:

"Now, listen: 'If you still don't understand me, you're very short in penetration. Take off the mask and I'll explain myself. I have tea alone

— Ontem.

— Tranquilize-se. É capaz de guardar um segredo? O que lhe vou dizer é grave. Mas só a sua aflição me faz falar. Posso afirmar-lhe que esta carta é uma pura caçoada. Trata-se de vingar o nosso sexo ultrajado; trata-se de fazer com que Tito se apaixone... nada mais.

Diogo estremeceu de alegria.

— Sim? perguntou ele.

— É pura verdade. Mas veja lá, isto é segredo. Se lho descobri foi por vê-lo aflito. Não nos comprometa.

— Isso é sério? insistiu Diogo.

— Como quer que lho diga?

— Ah! que peso me tirou! Pode estar certa de que o segredo caiu num poço. Oh! muito me hei de rir... muito me hei de rir... Que boa inspiração tive em vir falar-lhe! Diga-me, posso dizer a D. Emília que sei tudo?

— Não!

— É então melhor que não me dê por achado...

— Sim.

— Muito bem!

Dizendo estas palavras o velho Diogo esfregava as mãos e piscava os olhos. Estava radiante. Quê! ver o suposto rival sendo vítima dos laços da viúva! Que glória! que felicidade!

Nisto estava quando à porta do interior apareceu Tito. Acabava de levantar-se da cama.

— Bom dia, D. Adelaide, disse ele dirigindo-se para a mulher de Azevedo.

Depois sentando-se e voltando a cara para Diogo:

— Bom dia, disse. Está hoje alegre... Tirou a sorte grande?

— A sorte grande? perguntou Diogo. Tirei... tirei...

— Dormiu bem? perguntou Adelaide a Tito.

tonight. The annoying Diogo won't bother me with his foolishness. Give me the happiness of seeing you and admiring you. – Emília.'"

"But what is this?"

"What is this? Ah! If it was more than this I was already dead! I was able to plunder the letter, and that interview didn't happen…"

"When was the letter written?"

"Yesterday."

"Calm down. Can you keep a secret? What I'm going to tell you is serious. But only your affliction makes me speak. I can assure you that this letter is a pure joke. It's avenging our outraged sex; it's about getting Tito to fall in love… nothing else."

Diogo shuddered with joy.

"True?" he asked.

"It's the pure truth. But look, this is a secret. If I gave it away it was because I saw you distressed. Don't implicate us."

"Is this serious?" insisted Diogo.

"What do you want me to say?"

"Ah! What weight you took off me? You can be sure that the secret fell into a pit. Oh! I will laugh a lot. I shall laugh very much… What a good inspiration I had in coming to speak to you! Tell me, can I tell Mrs. Emília that I know everything?"

"No!"

"Then it's best to pretend ignorance…"

"Yes."

"Very well!"

Old Diogo said these words, rubbing his hands and blinking his eyes. He was radiant. What! To see the supposed rival being a victim of the widow's trap! What glory! What happiness!

He was at this when Tito showed up at the door. He had just gotten out of bed.

— Como um justo que sou. Tive sonhos cor-de-rosas: sonhei com o Sr. Diogo.

— Ah! sonhou comigo? murmurou entre dentes o velho namorado. Coitado! tenho pena dele!

— Mas onde está Azevedo? perguntou Tito a Adelaide.

— Anda de passeio.

— Já?

— Pois então. Onze horas.

— Onze horas! É verdade, acordei muito tarde. Tinha duas visitas para fazer: uma a D. Emília...

— Ah! disse Diogo.

— De que se espanta, meu caro?

— De nada! de nada!

— Bom; vou mandar pôr o seu almoço, disse Adelaide.

Os dois ficaram sós. Tito acendeu um cigarro de palha; Diogo afetava grande distração, mas olhava sorrateiramente para o moço. Este, apenas soltou duas fumaças, voltou-se para o velho e disse:

— Como vão os seus amores?

— Que amores?

— Os seus, a Emília... Já lhe fez compreender toda a imensidade da paixão que o devora?

— Qual... Preciso de algumas lições... Se mas quisesse dar?

— Eu? Está sonhando!

— Ah! eu sei que o senhor é forte... É modesto, mas é forte... e até fortíssimo! Ora, eu sou realmente um aprendiz... Tive há pouco a idéia de desafiá-lo.

— A mim?

— É verdade, mas foi uma loucura de que me arrependi...

— Além de que não é uso em nosso país...

— Em toda a parte é uso vingar a honra.

78

"Good morning, Mrs. Adelaide," he said, turning to Azevedo's wife.

Then sitting up and turning to face Diogo:

"Good morning," he said. You are happy today... Did you strike it rich?"

"Strike it rich?" asked Diogo. "I did... I did..."

"Did you sleep well?" Adelaide asked Tito.

"As the fair man I am. I had rosy dreams: I dreamed of Mr. Diogo."

"Ah! You dreamed of me?" the old boyfriend muttered between his teeth. "Poor thing! I'm sorry for him!"

"But where is Azevedo?" asked Tito to Adelaide.

"He went for a walk."

"Already?"

"Well, it's eleven o'clock."

"Eleven o'clock! It's true, I woke up very late. I had two visits to make: one to Mrs. Emília..."

"Ah!" said Diogo.

"What are you scared of, my dear?"

"Nothing! Nothing!"

"Good; I'll have your lunch served," said Adelaide.

The two men were alone. Tito lit a corn husk cigarette; Diogo showed great distraction, but he was glancing at the young man. This one, just let out two puffs, turned to the old man and said:

"How is your love?"

"What love?"

"Yours, Emília... Have you made her understand all the immensity of the passion that devours you?"

"What... I need some lessons... if you wanted to give me?"

"Me? You're dreaming!"

— Bravo, D. Quixote!

— Ora, eu acreditava-me ofendido na honra.

— Por mim?

— Mas emendei a mão; reparei que era antes eu quem ofendia pretendendo lutar com um mestre, eu simples aprendiz...

— Mestre de quê?

— Dos amores! Oh! eu sei que é mestre...

— Deixe-se disso... eu não sou nada... o Sr. Diogo, sim; o senhor vale um urso, vale mesmo dois. Como havia de eu... Ora!... Aposto que teve ciúmes?

— Exatamente.

— Mas era preciso não me conhecer; não sabe das minhas idéias?

— Homem, às vezes é pior.

— Pior, como?

— As mulheres não deixam uma afronta sem castigo... As suas idéias são afrontosas... Qual será o castigo? Paro aqui... paro aqui...

— Onde vai?

— Vou sair. Adeus. Não se lembre mais da minha desastrada idéia do duelo...

— Que está acabado... Ah! o senhor escapou de boa!

— De quê?

— De morrer. Eu enfiava-lhe a espada por esse abdome... com um gosto... com um gosto só comparável ao que tenho de abraçá-lo vivo e são!

Diogo riu-se com um riso amarelo.

— Obrigado, obrigado. Até logo!

— Venha cá, onde vai? Não se despede de D. Adelaide?

— Eu já volto, disse Diogo travando do chapéu e saindo precipitadamente.

Tito ainda o acompanhou com os olhos.

"Ah! I know you are strong… You are modest, but you are strong… and even very strong! Why, I'm really an apprentice… I just had the idea of challenging you."

"Challenge me?"

"It's true, but it was madness that I've regretted."

"Besides that is not a custom in our country…"

"Everywhere is a custom to avenge honor."

"Bravo, Don Quixote!"

"Well, I thought I was offended in my honor."

"By me?"

"But I mended my ways; I noticed that I was the one who offended, intending to fight with a master, me, a simple apprentice…"

"Master of what?"

"Of love! Oh! I know you're a master…"

"Come out of that… I'm nothing… Mr. Diogo, yes; you're a bear, you're worth two. How could I… Why, I bet you were jealous?"

"Exactly."

"But you must not know me. Don't you know my ideas?"

"Man, sometimes it's worse."

"Worse, how?"

"Women don't leave an affront without punishment… Their ideas are outrageous… What will be the punishment? I stop here… I stop here…"

"Where are you going?"

"I'm going out. Goodbye. Don't think about my disastrous idea of the duel anymore…"

"That it's finished… Ah! You have freed yourself!"

"Of what?"

— Este sujeito, disse o moço consigo quando se viu só, não tem nada de original. Aquela opinião a respeito das mulheres não é dele... Melhor... já se conspira; é o que me convém. Hás de vir! hás de vir!

Um criado alemão veio anunciar a Tito que o almoço estava preparado. Tito ia entrando quando assomou à porta a figura de Azevedo.

— Ora, graças a Deus! O meu amigo não se levanta com o sol. Estás com olhos de quem acaba de dormir.

— É verdade, e vou almoçar.

Dirigiram-se os dois para dentro, onde a mesa estava posta à espera de Tito.

— Almoças outra vez? perguntou Tito.

— Não.

— Pois então vais ver como se come.

Tito sentou-se à mesa; Azevedo estirou-se num sofá.

— Onde foste? perguntou Tito.

— Fui passear... Compreendi que é preciso ver e admirar o que é indiferente, para apreciar e ver melhor aquilo que faz a felicidade íntima do coração.

— Ah! sim? Bem vês que até a felicidade por igual fatiga! Afinal sempre a razão do meu lado.

— Talvez. Apesar de tudo, quer-me parecer que já intentas entrar na família dos casados.

— Eu?

— Tu, sim.

— Por quê?

— Mas, dize, é ou não verdade?

— Qual, verdade!

— O que sei, é que uma destas tardes em que adormeceste lendo, não sei que livro, ouvi-te pronunciar em sonhos, com a maior ternura, o nome de Emília.

"Of dying. I'd stick my sword through your abdomen... with pleasure... with a pleasure only comparable to the pleasure I'd have of hugging you, safe and sound!"

Diogo gave a half-hearted laugh.

"Thank you. Thank you. See you later!"

"Come here, where are you going? Aren't you saying goodbye to Mrs. Adelaide?"

"I'll be right back," Diogo said, snapping his hat and hurrying out.

Tito still followed him with his eyes.

"This fellow," said the young man when he was alone, "he is nothing original. That opinion about women is not his... Better... he's already conspiring; that's what suits me. You will come! You will come!"

A German servant came and told Tito that lunch was ready. Tito was coming in when Azevedo's figure showed up at the door.

"Oh, thank God! My friend doesn't get up with the sun. You have the eyes of those who have just slept."

"That's true, and I'm going to have lunch."

They both went inside, where the table was waiting for Tito.

"Are you having lunch again?" asked Tito.

"No."

"Then you'll see how it is to eat."

Tito sat at the table; Azevedo stretched out on a sofa.

"Where did you go?" asked Tito.

"I went for a walk... I understood that it's necessary to see and admire what is indifferent, to appreciate and to see better that which makes the happiness of the heart."

"Ah! Yes? You see that even happiness is equally fatiguing! After all there's always reason on my side."

"Perhaps. Despite all opposition, it seems to me that you're already trying to get into the family of the married."

– Deveras? perguntou Tito mastigando.

– É exato. Concluí que se sonhavas com ela é que a tinhas no pensamento, e se a tinhas no pensamento é que a amavas.

– Concluíste mal.

– Mal?

– Concluíste como um marido de cinco meses. Que prova um sonho?

– Prova muito!

– Não prova nada! Pareces velha supersticiosa…

– Mas enfim, alguma coisa há por força… Serás capaz de me dizeres o que é?

– Homem, podia dizer-te alguma coisa se não fosses casado…

– Que tem que eu seja casado?

– Tem tudo. Seria indiscreto sem querer e até sem saber. À noite, entre um beijo e um bocejo, o marido e a mulher abrem um para o outro a bolsa das confidências. Sem pensares, podes deitar tudo a perder.

– Não digas isso. Vamos lá. Há novidade?

– Não há nada.

– Confirmas as minhas suspeitas. Gostas da Emília.

– Ódio não lhe tenho, é verdade.

– Gostas. E ela merece. É uma boa senhora, de não vulgar beleza, possuindo as melhores qualidades. Talvez preferisses que não fosse viúva?…

– Sim; é natural que se embale dez vezes por dia na lembrança dos dois maridos que já exportou para o outro mundo… à espera de exportar o terceiro…

– Não é dessas…

– Afianças?

– Quase que posso afiançar.

– Ah! meu amigo, disse Tito levantando-se da mesa e indo acender um charuto, toma o conselho de um tolo: nunca afiances nada,

"Me?"

"You, yes."

"Why?"

"But, tell me, is it true or not?"

"Which truth!"

"What I know is that one of those afternoons when you fell asleep reading, I don't know which book, I heard you pronouncing, with the greatest tenderness, Emília's name in dreams."

"Really?" asked Tito chewing.

"That's right. I concluded that if you dreamed of her it's because you had her in your thoughts, and if you had it in your thoughts it's because you loved her."

"You worked it out wrong."

"Wrong?"

"You worked it out as a five-month-old husband. What does a dream prove?"

"It proves a lot!"

"It doesn't prove anything! You are like a superstitious old woman..."

"But anyway, there's hint of something... Will you be able to tell me what it is?"

"Man, I could tell you something if you were not married..."

"What about me being married?"

"Everything. It would be involuntarily and even unknowingly indiscreet. At night, between a kiss and a yawn, husband and wife open the bag of confidences to each other. Without thinking, you can throw everything away."

"Don't say that. Come on. Is there news?"

"There is nothing."

"You confirm my suspicions. You like Emília."

principalmente em tais assuntos. Entre a prudência discreta, e a cuja confiança não é lícito duvidar, a escolha está decidida nos próprios termos da primeira. O que podes tu afiançar a respeito de Emília? Não a conheces melhor do que eu. Há quinze dias que nos conhecemos, e eu já lhe leio no interior; estou longe de atribuir-lhe maus sentimentos, mas tenho a certeza de que não possui as raríssimas qualidades que são necessárias à exceção. Que sabes tu?

— Realmente, eu não sei nada.

— Não sabes nada! disse Tito consigo.

— Falo pelas minhas impressões. Parecia-me que um casamento entre vocês ambos não vinha fora de propósito.

— Se me falas outra vez em casamento, saio.

— Pois só a palavra?

— A palavra, a idéia, tudo.

— Entretanto, admiras e aplaudes o meu casamento...

— Ah! eu aplaudo nos outros muitas coisas de que não sou capaz de usar. Depende da vocação...

Adelaide apareceu à porta da sala de jantar. A conversa cessou entre os dois rapazes.

— Trago-lhes uma notícia.

— Que notícia? perguntaram-lhe os dois.

— Recebi um bilhete de Emília... Pede-nos que vamos lá amanhã, porque...

— Por quê? perguntou Azevedo.

— Talvez dentro de oito dias se retire para a cidade.

— Ah! disse Tito com a maior indiferença deste mundo.

— Apronta as tuas malas, disse Azevedo a Tito.

— Por quê?

— Não segues os passos da deusa?

— Não zombes, cruel amigo! Quando não...

"I don't hate her, that's true."

"You like her. And she deserves it. She is a good lady, of no vulgar beauty, possessing the best qualities. Maybe you would rather prefer she wasn't a widow?"

"Yes; it's natural that she wrap herself ten times a day in the memory of the two husbands who she has already exported to the other world... waiting to export the third..."

"She's not like that..."

"Do you guarantee?"

"I can almost guarantee."

"Ah! My friend," said Tito rising from the table and going to light a cigar, "take the advice of a fool: never guarantee anything, especially in such matters. Between discreet prudence, and whose confidence it's not lawful to doubt, the choice is decided in the very terms of the first. What can you say about Emília? You don't know her better than I do. We have known each other for fifteen days, and I already read her inner side; I'm far from attributing bad feelings to her, but I'm sure that she doesn't possess the very rare qualities which are necessary for the exception. What do you know?"

"I really don't know anything."

"You know nothing!" Tito said to himself.

"I speak from my impressions. It seemed to me that a marriage between the two of you wasn't unreasonable."

"If you tell me about marriage again, I'll leave."

"Why, just the word?"

"The word, the idea, everything."

"In the meantime, you admire and applaud my marriage..."

"Ah! I applaud the many other things I'm not able use. It depends on the vocation..."

— Anda lá...

Adelaide sorriu ouvindo estas palavras.

Daí a meia hora Tito subiu para o gabinete em que Azevedo tinha os livros. Ia, dizia, ler as Confissões de Santo Agostinho.

— Que repentina viagem é esta? perguntou Azevedo à sua mulher.

— Tens muito empenho em saber?

— Tenho.

— Pois bem. Olha que é segredo. Eu não sei positivamente, mas creio que é uma estratégia.

— Estratégia? Não entendo.

— Eu te digo. Trata-se de prender o Tito.

— Prender?

— Estás hoje tão bronco! Prender pelos laços do amor...

— Ah!

— Emília julgou que deve fazê-lo. É só para brincar. No dia em que ele se declarar vencido fica ela vingada do que ele disse contra o sexo.

— Não está mau... E tu entras nesta estratégia...

— Como conselheira.

— Trama-se então contra um amigo, um alter ego.

— Tá, tá, tá. Cala a boca. Não vás fazer abortar o plano.

Azevedo riu-se a bandeiras despregadas. No fundo achava engraçada a punição premeditada ao pobre Tito.

A visita que Tito disse ter de fazer à viúva naquele dia, não se realizou.

Diogo, que apenas saíra da casa de Azevedo, ciente das intenções da viúva, fora para casa desta esperar o rapaz, embalde lá esteve durante o dia, embalde jantou, embalde aborreceu a tarde inteira tanto a Emília como à tia; Tito não apareceu.

Mas, à noite, à hora em que Diogo, já vexado de tanta demora na casa da moça, tratava de sair, anunciou-se a chegada de Tito.

Adelaide appeared at the door of the dining room. The conversation between the two young men ended.

"I bring you some news."

"What news?" they asked her.

"I got a note from Emília... Asking us to go there tomorrow, because..."

"Because?" asked Azevedo.

"Maybe in eight days she'll go off to the city."

"Ah!" said Tito with the greatest indifference of this world.

"Get your bags ready," said Azevedo to Tito.

"Why?"

"Don't you follow the footsteps of the goddess?"

"Don't mock, cruel friend! On the contrary..."

"Come on..."

Adelaide smiled at these words.

After half an hour Tito went up to the office where Azevedo had the books. "I was going," he said, "to read the Confessions of St. Augustine."

"What sudden trip is this?" Azevedo asked his wife.

"Do you really endeavor to know?"

"I do."

"All right. Look, it's a secret. I don't know for sure, but I think it's a strategy."

"Strategy? I don't understand."

"I tell you. It's about catching Tito."

"Catching?"

"You're such a dunce today! Catching in the bonds of love..."

"Ah!"

"Emília thought she should do it. It's just for fun. The day he declares himself defeated, she is avenged for what he said against our sex."

Emília estremeceu; mas esse movimento escapou a Diogo.

Tito entrou na sala onde se achavam Emília, a tia, e Diogo.

— Não contava com a sua visita, disse a viúva.

— Eu sou assim; apareço quando não me esperam. Sou como a morte e a sorte grande.

— Agora é a sorte grande, disse Emília.

— Que número é o seu bilhete, minha senhora?

— Número doze, isto é, doze horas que tenho tido o prazer de ter hoje aqui o Sr. Diogo...

— Doze horas! exclamou Tito voltando-se para o velho.

— Sem que ainda o nosso bom amigo nos contasse uma história...

— Doze horas! repetiu Tito.

— Que admira, meu caro senhor? perguntou Diogo.

— Acho um pouco estirado...

— As horas contam-se quando são aborrecidas... Peço para me retirar...

E dizendo isto, Diogo travou do chapéu para sair lançando um olhar de despeito e ciúme para a viúva.

— Que é isso? perguntou esta. Onde vai?

— Dou asas às horas, respondeu Diogo ao ouvido de Emília; vão correr depressa agora.

— Perdôo-lhe e peço que se sente.

Diogo sentou-se.

A tia de Emília pediu licença para retirar-se alguns minutos.

Ficaram os três.

— Mas então, disse Tito, nem ao menos uma história contou?

— Nenhuma.

Emília lançou um olhar a Diogo como para tranquilizá-lo. Este, mais calmo então, lembrou-se do que Adelaide lhe havia dito, e voltou às boas.

"That's not bad... And you got into this strategy..."

"As a counselor."

"Thus, you plot against a friend, an alter ego."

"Okay, okay, okay. Shut up. Don't you make me abort the plan."

Azevedo laughed his head off. Deep down he thought poor Tito's premeditated punishment was funny.

The visit that Tito said he had to make to the widow that day didn't come true.

Diogo, who had just left Azevedo's house, aware of the intentions of the widow, went to her house to wait for the young man. He was there during the day in vain, and in vain he ate dinner. He bored both Emília and her aunt all night in vain; Tito didn't show up.

But, at night, at the time when Diogo, already so much vexed by such a delay in the young lady's house, was trying to leave, Tito's arrival was announced.

Emília trembled; but this movement escaped Diogo.

Tito entered the room where Emília, the aunt, and Diogo were.

"I didn't expect your visit," said the widow.

"I'm like this; I show up when you don't expect me. I'm like death and great fortune."

"Now it's great fortune," said Emília.

"What number is your ticket, madam?"

"Number twelve, that is, twelve hours I have had the pleasure of having Mr. Diogo here today..."

"Twelve hours!" exclaimed Tito, turning to the old man.

"Without our good friend telling us a single story yet..."

"Twelve hours!" repeated Tito.

"What are you wondering, my dear sir?" asked Diogo.

"I find it a bit stretched..."

"The hours are counted when they are boring... I beg my leave..."

— Afinal de contas, disse ele consigo, o caçoado é ele. Eu sou apenas o meio de prendê-lo... Contribuamos para que se lhe tire a proa.

— Nenhuma história, continuou Emília.

— Pois olhe, eu sei muitas, disse Diogo com intenção.

— Conte uma de tantas que sabe, disse Tito.

— Nada! Por que não conta o senhor?

— Se faz empenho...

— Muito... muito, disse Diogo piscando os olhos. Conte lá, por exemplo, a história do taboqueado, a história das imposturas do amor, a história dos viajantes encouraçados; vá, vá.

— Não, vou contar a história de um homem e de um macaco.

— Oh! disse a viúva.

— É muito interessante, disse Tito. Ora, ouçam...

— Perdão, interrompeu Emília, será depois do chá.

— Pois sim.

Daí a pouco servia-se o chá aos três. Findo ele, Tito tomou a palavra e começou a história:

HISTÓRIA DE UM HOMEM E DE UM MACACO

Não longe da vila ***, no interior do Brasil, morava há uns vinte anos um homem de trinta e cinco anos, cuja vida misteriosa era o objeto das conversas das vilas próximas e o objeto do terror que experimentavam os viajantes que passavam na estrada a dois passos da casa.

A própria casa era já de causar apreensões ao espírito menos timorato. Vista de longe nem parecia casa, tão baixinha era. Mas quem se aproximasse conheceria aquela construção singular. Metade do edifício estava ao nível do chão e metade abaixo da terra. Era entretanto uma casa

And saying this, Diogo grabbed his hat to leave, looking with spite and jealousy at the widow.

"What's this?" she asked. "Where are you going?"

"I give wings to the hours," answered Diogo in Emília's ear; "they'll run fast now."

"I forgive you and I ask you to sit down."

Diogo sat down.

Emília's aunt asked to leave for a few minutes.

The three of them remained.

"But then," said Tito, "you didn't even tell one story?"

"None."

Emília glanced at Diogo as if to reassure him. This one, calmer then, remembered what Adelaide had said to him, and recovered.

"After all," he said to himself, "it's him being mocked. I'm just the means to catch him... Let's get him to bow down."

"No story," Emília continued.

"Well, I know many," Diogo said intently.

"Tell one of the many you know," said Tito.

"No! Why don't you tell, sir?"

"If you insist..."

"Very... very much," said Diogo, blinking his eyes. "Tell us, for example, the story of the swindled, the story of the impostures of love, the story of the armored travelers; Go on, go on."

"No, I'm going to tell you the story of a man and a monkey."

"Oh!" said the widow.

"It's very interesting," said Tito. "Now, listen..."

"Excuse me," interrupted Emília, "it will be after tea."

"Yes."

Soon the tea was served to the three of them. When it was finished, Tito took the floor and began the story:

solidamente construída. Não tinha porta nem janelas. Tinha um vão quadrado que servia ao mesmo tempo de janela e de porta. Era por ali que o misterioso morador entrava e saía.

Pouca gente o via sair, não só porque ele raras vezes o fazia, como porque o fazia em horas impróprias. Era nas horas da lua cheia que o solitário deixava a residência para ir passear nos arredores. Levava sempre consigo um grande macaco, que acudia pelo nome de Calígula.

O macaco e o homem, o homem e o macaco, eram dois amigos inseparáveis, dentro e fora de casa, na lua nova.

Mil visões corriam a respeito deste misterioso solitário.

A mais geral é que era um feiticeiro. Havia uma que o dava por doido; outra por simplesmente atacado de misantropia.

Esta última versão tinha por si duas circunstâncias: a primeira era não constar nada de positivo que fizesse reconhecer no homem hábitos de feiticeiro ou alienado; a segunda era a amizade que ele parecia votar ao macaco e o horror com que fugia ao olhar dos homens. Quando a gente se aborrece dos homens toma sempre a afeição dos animais, que têm a vantagem de não discorrer, nem intrigar.

O misterioso... É preciso dar-lhe um nome: chamemo-lo Daniel. Daniel preferia o macaco, e não falava a mais homem algum. Algumas vezes os viajantes que passavam pela estrada ouviam partir de dentro da casa gritos do macaco e do homem; era o homem que afagava o macaco.

Como se alimentavam aquelas duas criaturas? Houve quem visse um dia de manhã abrir-se a porta, sair o macaco e voltar pouco depois com um embrulho na boca. O tropeiro que presenciava esta cena quis descobrir onde ia o macaco buscar aquele embrulho que levava sem dúvida os alimentos dos dois solitários. Na manhã seguinte introduziu-se no mato; o macaco chegou à hora do costume, e dirigiu-se para um

THE STORY OF A MAN AND A MONKEY

Not far from the village of ***, in the countryside of Brazil, a thirty-five year old man lived, whose mysterious life was the object of conversations of the nearby towns, and the object of terror experienced by the travelers who went through the road two steps from the house.

The house itself was already a cause of apprehensions to the less timorous spirit. Viewed from a distance, it didn't look like a house, it was so small. But whoever approached it would know that singular construction. Half the building was at ground level and half below ground. It was, however, a solidly built house. There were no doors or windows. There was a square span that served as both window and door. It was through that the mysterious dweller came in and out.

Few people would see him leave, not only because he seldom did it, but also because he did it at improper times. It was during the times of the full moon that the solitary man left the residence to go around the surroundings. He always carried with him a big monkey, which went by the name of Caligula.

The monkey and the man, the man and the monkey, were two inseparable friends, in and out of the house, on the new moon.

A thousand ideas ran about this mysterious loner.

The most common was that he was a sorcerer. There was one that had him as crazy; another as simply suffering from misanthropy.

This last version had two circumstances on its own: the first was that there was positively nothing that made the habits of a sorcerer or a lunatic recognizable in the man; the second was the friendship that he seemed to devote to the

tronco de árvore; havia sobre esse tronco um grande galho, que o bicho atirou ao chão. Depois, introduzindo as mãos no interior do velho tronco, tirou um embrulho igual ao da véspera e partiu.

O tropeiro persignou-se, e tão apreensivo ficou com a cena que acabava de presenciar que não a contou a ninguém.

Durava esta existência três anos.

Durante esse tempo o homem não envelhecera. Era o mesmo que no primeiro dia. Longas barbas ruivas e cabelos grandes caídos para trás. Usava um grande casaco de baeta, tanto no inverno, como no verão. Calçava botas e não usava chapéu.

Era impossível aos passageiros e aos moradores das vizinhanças penetrar na casa do solitário. Não o será decerto para nós, minha bela senhora, e meu caro amigo.

A casa divide-se em duas salas e um quarto. Uma sala é para jantar; a outra é... a de visitas. O quarto é ocupado pelos dois moradores, Daniel e Calígula.

As duas salas são de iguais dimensões; o quarto é uma metade da sala. A mobília da primeira sala compõe-se de dois sujos bancos encostados à parede, uma mesa baixa no centro. O chão é assoalhado. Pendem das paredes dois retratos: um de moça, outro de velho. A moça é uma figura angélica e deliciosa. O velho inspirava respeito e admiração. Das outras duas paredes pendem, de um lado uma faca de cabo de marfim, e do outro uma mão de defunto, amarela e seca.

A sala de jantar tem apenas uma mesa e dois bancos.

A mobília do quarto resume-se num grabato em que dorme Daniel. Calígula estende-se no chão, junto à cabeceira do dono.

Tal é a mobília da casa.

96

monkey and the horror with which he avoided the eyes of men. When we get bored of men, we always take the affection of the animals, which have the advantage of neither discourse nor slander.

The mysterious... You have to give him a name: let's call him Daniel. Daniel preferred the monkey and didn't speak to any other man. Sometimes travelers passing by on the road could hear the monkey and the man shout from within the house; it was the man caressing the monkey.

How did those two creatures feed? Someone saw one day in the morning the door opening, the monkey getting out and returning shortly after with a package in its mouth. The muleteer who witnessed this scene wanted to find out where the monkey was going to get that package that undoubtedly carried the food of the two loners. The next morning he went into the bush; the monkey arrived at its usual time, and went to a tree trunk; there was a large branch on the trunk, which the animal threw to the ground. Then, putting his hands inside the old trunk, he took out a package just like the previous day's, and left.

The muleteer made the sign of the cross, and he was so apprehensive with the scene he had just witnessed that he didn't tell anyone about it.

This existence had lasted for three years.

During this time the man had not aged. He was the same as on the first day. Long red beard and long hair falling back. He wore a large baize coat, both in winter and summer. He wore boots and wore no hat.

It was impossible for the passengers and residents of the neighborhood to enter the house of the loner. It won't be for us, my beautiful lady, and my dear friend.

The house is divided into two rooms and a bedroom. One

A casa, que de fora parece não ter capacidade suficiente para conter um homem em pé, é contudo suficiente, visto estar, como disse, entranhada no chão.

Que vida terão passado aí dentro o macaco e o homem, no espaço de três anos? Não saberei dizê-lo.

Quando Calígula traz de manhã o embrulho, Daniel divide a comida em duas porções, uma para o almoço, outra para o jantar. Depois homem e macaco sentam-se em face um do outro na sala de jantar e comem irmãmente as duas refeições.

Quando chega a lua cheia saem os dois solitários, como já disse, todas as noites, até a época em que a lua passa a ser minguante. Saem às dez horas, pouco mais ou menos, e voltam pouco mais ou menos às duas horas da madrugada. Quando entram Daniel tira a mão do finado que pende da parede e dá com ela duas bofetadas em si próprio. Feito isto, vai deitar-se; Calígula acompanha-o.

Uma noite, era no mês de junho, época de lua cheia, Daniel preparou-se para sair. Calígula deu um pulo e saltou à estrada. Daniel fechou a porta, e lá se foi com o macaco estrada acima.

A lua, inteiramente cheia, projetava os seus reflexos pálidos e melancólicos na vasta floresta que cobria colinas próximas, e clareava toda a vasta campina que rodeava a casa.

Só se ouvia ao longe o murmúrio de uma cachoeira, e ao perto o piar de algumas corujas, e o chilrar de uma infinidade de grilos espalhados na planície.

Daniel caminhava pausadamente, levando um pau debaixo do braço, e acompanhado do macaco, que saltava do chão aos ombros de Daniel e dos ombros de Daniel para o chão.

Mesmo sem a forma lúgubre que tinha aquele lugar

room is for dinner; the other is... for visitors. The bedroom is occupied by two residents, Daniel and Caligula.

The two rooms are of equal size; the bedroom is half the size of the living room. The furniture in the first room consists of two dirty benches against the wall, a low table in the center. The floor is parquet. Two portraits hang from the walls: one of a young lady, the other of an old man. The young lady is an angelic and delightful figure. The old man inspired respect and admiration. From the other two walls an ivory handle hangs on one side, a dried, yellow corpse hand on the other.

The dining room has only one table and two benches.

The bedroom furniture is summed up as a pallet on which Daniel sleeps. Caligula stretches out on the floor, near the head of the owner.

Such is the furniture of the house.

The house, which from the outside doesn't seem to have enough space to contain a standing man, is nevertheless sufficient, since it is, as I said, deep-rooted in the ground.

What life might have they spent inside, the monkey and the man, in the space of three years? I cannot say.

When Caligula brings the package in the morning, Daniel divides the food into two portions, one for lunch and one for dinner. Then man and monkey sit facing each other in the dining room and eat the two meals brotherly.

When the full moon arrives, the two lonely ones leave, as I have said, every night, until the time when the moon is waning. They leave at ten o'clock, or so, and return at about two o'clock in the morning. When they go inside, Daniel takes the hand of the corpse which hangs from the wall and gives it two slaps on himself. When he has done this, he goes to bed; Caligula accompanies him.

One night, it was the month of June, in the full moon

por causa da residência do solitário, qualquer pessoa que encontrasse àquela hora Daniel e o macaco corria risco de morrer de medo. Daniel, extremamente magro e alto, tinha em si um ar lúgubre. Os cabelos da barba e da cabeça, crescidos em abundância, faziam a sua cabeça ainda maior do que era. Sem chapéu era uma cabeça verdadeiramente satânica.

Calígula, que nos outros dias era um macaco ordinário, tomava, naquelas horas de passeio noturno, um ar tão lúgubre e tão misterioso como o de Daniel.

Havia já uma hora que os dois solitários tinham saído de casa. A casa ficara já um pouco longe. Nada mais natural do que chegar a polícia nessa ocasião, tomar a entrada da casa e reconhecer o mistério. Mas a polícia, apesar dos meios que tinha à sua disposição, não se animava a investigar no mistério que o povo reputava diabólico. Também a polícia é humana, e nada do que é humano lhe é desconhecido.

Havia uma hora, disse eu, que os dois passeadores tinham saído de casa. Começavam então a subir uma pequena colina…

Tito foi interrompido por um bocejo do velho Diogo.

– Quer dormir? perguntou o rapaz.

– É o que vou fazer.

– Mas a história?

– A história é muito divertida. Até aqui só temos visto duas coisas, um homem e um macaco; perdão… temos mais dois, um macaco e um homem. É muito divertida! Mas, para variar, o homem vai sair e fica o macaco.

Dizendo estas palavras com uma raiva cômica, Diogo travou do chapéu e saiu.

Tito soltou uma gargalhada.

period, Daniel prepared to leave. Caligula jumped and leaped onto the road. Daniel closed the door, and off he went with the monkey up the road.

The moon, completely full, cast its pale, melancholy reflections in the vast forest that covered nearby hills, and brightened the whole wide meadow that surrounded the house.

There was only the murmur of a waterfall in the distance, and the sound of a few owls, and the chirping of a multitude of crickets scattered on the plain.

Daniel walked slowly, carrying a stick under his arm and accompanied by the monkey, who jumped from the ground to Daniel's shoulders and from Daniel's shoulders to the ground.

Even without the lugubrious shape of that place because of the loner's residence, anyone who came across Daniel and the monkey at that time would get scared to death. Daniel, extremely thin and tall, had a dreary mien to him. The hair of his beard and head, grown in abundance, made his head even larger than it was. Hatless it was a truly satanic head.

Caligula, who on other days was an ordinary monkey, took, in those hours of nocturnal walk, a mien as gloomy and mysterious as Daniel's.

It had been an hour since the two loners had left the house. The house was a little far away. Nothing more natural than the police arriving on this occasion, take the entrance to the house, and solve the mystery. But the police, despite the means at their disposal, didn't dare to investigate the mystery which the people regarded as diabolical. The police are also human, and nothing that is human is unknown to them.

It had been an hour, I said, that the two walkers had left the house. Then they started to climb a little hill...

— Mas vamos ao fim da história…

— Que fim, minha senhora? Eu já estava em talas por não saber como continuar… Era um meio de servi-la. Vejo que é um velho aborrecido…

— Não é, está enganado.

— Ah! não?

— Divirto-me com ele. O que não impede que a presença do senhor me dê infinito prazer…

— V. Ex. disse agora uma falsidade.

— Qual foi?

— Disse que lhe era agradável a minha conversa. Ora, isso é falso como tudo quanto é falso…

— Quer um elogio?

— Não, falo franco. Eu nem sei como Vossa Excelência me atura; desabrido, maçante, chocarreiro, sem fé em coisa alguma, sou um conversador muito pouco digno de ser desejado. É preciso ter uma grande soma de bondade para ter expressões tão benévolas… tão amigas…

— Deixe esse ar de mofa, e…

— Mofa, minha senhora?

— Ontem eu e minha tia tomamos chá sozinhas! sozinhas!…

— Ah!

— Contava que o senhor viesse aborrecer-se uma hora conosco…

— Qual aborrecer… Eu lhe digo: o culpado foi o Ernesto.

— Ah! foi ele?

— É verdade; deu comigo aí em casa de uns amigos, éramos quatro ao todo, rolou a conversa sobre o voltarete e acabamos por formar mesa. Ah! mas foi uma noite completa! Aconteceu-me o que me acontece sempre: ganhei!

— Está bom.

Tito was interrupted by a yawn from old Diogo.

"Do you want to sleep?" asked the young man.

"That's what I'm going to do."

"But the story?"

"The story is so much fun. So far we have seen only two things, a man and a monkey; forgive me... we have two more, a monkey and a man. It's so much fun! But for a change, the man will leave and the monkey stays."

Saying these words with a comic rage, Diogo took up his hat and left.

Tito laughed out loud.

"But let's get to the end of the story..."

"What end, my lady? I was already in trouble for not knowing how to continue... It was a way to be at your service. I see he's a boring old man..."

"He's not, you're wrong."

"Ah! No?"

"I have fun with him. Which doesn't prevent your presence from giving me infinite pleasure, sir..."

"Your Excellency has now pronounced a falsehood."

"What was it?"

"You said that my conversation was agreeable to you. Now, this is as false as all that is false..."

"Do you want a compliment?"

"No, I say it frankly. I don't know how Your Excellency tolerates me; blunt, dull, jocular, with no faith in anything, I am a very unworthy conversationalist. It takes a great amount of kindness to have such benevolent expressions... so friendly..."

"Leave that mocking mode, and..."

"Mocking, my lady?"

— Pois olhe, ainda assim eu não jogava com pixotes; eram mestres de primeira força: um principalmente; até às onze horas a fortuna pareceu desfavorecer-me, mas dessa hora em diante desandou a roda para eles e eu comecei a assombrar... pode ficar certa de que os assombrei. Ah! É que eu tenho diploma... mas que é isso, está chorando?

Emília tinha com efeito o lenço nos olhos. Chorava? É certo que quando tirou o lenço dos olhos, tinha-os úmidos. Voltou-se contra a luz e disse ao moço:

— Qual... pode continuar.

— Não há mais nada; foi só isto, disse Tito.

— Estimo que a noite lhe corresse feliz...

— Alguma coisa...

— Mas a uma carta responde-se; por que não respondeu à minha? disse a viúva.

— À sua qual?

— A carta que lhe escrevi pedindo que viesse tomar chá conosco?

— Não me lembro.

— Não se lembra?

— Ou, se recebi essa carta, foi em ocasião que a não pude ler, e então esqueci, esqueci-a em algum lugar...

— É possível: mas é a última vez...

— Não me convida mais para tomar chá?

— Não. Pode arriscar-se a perder distrações melhores.

— Isso não digo: a senhora trata bem a gente, e em sua casa passam-se bem as horas... Isto é com franqueza. Mas então tomou chá sozinha? E o Diogo?

— Descartei-me dele. Acha que ele seja divertido?

— Parece que sim... É um homem delicado; um tanto dado às paixões, é verdade, mas sendo esse um defeito comum, acho que nele não é muito digno de censura.

"Yesterday my aunt and I had tea alone! Alone!..."

"Ah!"

"I was hoping you'd bore yourself for an hour with us..."

"What a bore... I tell you: Ernesto was the culprit."

"Ah! Was it him?"

"It's true; he found me at home with some friends, there were four of us, we talked about *voltarete* and we ended up starting a game of cards. Ah! But it was a full night! What happened to me always happened to me: I won!"

"That's good."

"Well, look, still I wasn't playing with amateurs; they were masters of prime strength: one mainly; until eleven o'clock fortune seemed to disfavor me, but from there onwards it turned the wheel against them and I began to terrify... you may be sure that I terrified them. Ah! It's just that I have a degree... but what is this, are you crying?"

Emília had indeed the handkerchief in her eyes. Was she crying? Admittedly, when he took the handkerchief from her eyes, it was moistened. She turned against the light and said to the young man:

"What... you can go on."

"There's nothing else. That was all," Tito said.

"I hope the night made you happy..."

"Something..."

"But to a letter, one answers. Why didn't you answer mine?" said the widow.

"Your what?"

"The letter I wrote to you asking to come and have tea with us?"

"I don't remember."

"Don't you remember?"

"Or, if I received this letter, it was on occasion that I couldn't read it, and then I forgot, I forgot it somewhere..."

— O Diogo está vingado.

— De quê, minha senhora?

Emília olhou fixamente para Tito e disse:

— De nada!

E levantando-se dirigiu-se para o piano.

— Vou tocar, disse ela; não o aborrece?

— De modo nenhum.

Emília começou a tocar; mas era uma música tão triste que infundia certa melancolia no espírito do moço. Este, depois de algum tempo, interrompeu com estas palavras:

— Que música triste!

— Traduzo a minha alma, disse a viúva.

— Anda triste?

— Que lhe importam as minhas tristezas?

— Tem razão, não me importam nada. Em todo o caso não é comigo? Emília levantou-se e foi para ele.

— Acha que lhe hei de perdoar a desfeita que me fez? disse ela.

— Que desfeita, minha senhora?

— A desfeita de não vir ao meu convite!

— Mas eu já lhe expliquei…

— Paciência! O que sinto é que também nesse voltarete estivesse o marido de Adelaide.

— Ele retirou-se às dez horas, e entrou um parceiro novo, que não era de todo mau.

— Pobre Adelaide!

— Mas se eu lhe digo que ele se retirou às dez horas…

— Não devia ter ido. Devia pertencer sempre à sua mulher. Sei que estou falando a um descrido; não pode calcular a felicidade e os deveres do lar doméstico. Viverem duas criaturas uma para outra, confundidas, unificadas; pensar, aspirar, sonhar a mesma coisa; limitar o horizonte

"It's possible: but it's the last time…"

"Won't you invite me over for tea anymore?"

"No, you can risk missing better distractions."

"I don't say that: you treat us well, and the hours are well spent in your house… That is said frankly. But then, did you have tea alone? What about Diogo?"

"I got rid of him. Do you think he's fun?"

"He seems to be… He's a delicate man; a bit given to passions, it's true, but this being a common fault, I think that in him it's not very worthy of censure."

"Diogo is avenged."

"Of what, my lady?"

Emília stared at Tito and said,

"Of nothing!"

She got up and went to the piano.

"I'll play," she said; "it doesn't bother you?"

"Not at all."

Emília began to play; but it was a song so sad that it infused a certain melancholy in the young man's spirit. He, after some time, interrupted with these words:

"What sad music!"

"I speak my soul," said the widow.

"Are you sad?"

"What do you care about my sorrows?"

"You're right, I don't care. Anyway, it's not with me?

Emília got up and went to him.

"Do you think I shall forgive you for having slighted me?" she said.

"Which slight, my lady?"

"The slight of not coming to my invitation!"

"But I already explained to you…"

nos lhos de cada uma, sem outra ambição, sem inveja de mais nada. Sabe o que é isto?

— Sei... É o casamento por fora.

— Conheço alguém que lhe provava aquilo tudo...

— Deveras? Quem é essa fênix?

— Se lho disser, há de mofar; não digo.

— Qual mofar! Diga lá, eu sou curioso.

— Não acredita que haja alguém que possa amá-lo?

— Pode ser...

— Não acredita que alguém, por despeito, por outra coisa que seja, tire da originalidade do seu espírito os influxos de um amor verdadeiro, mui diverso do amor ordinário dos salões; um amor capaz de sacrifício, capaz de tudo? Não acredita!

— Se me afirma, acredito; mas...

— Existe a pessoa e o amor.

— São então duas fênix.

— Não zombe. Existem... Procure...

— Ah! isso há de ser mais difícil: não tenho tempo. E supondo que achasse, de que me servia? Para mim é perfeitamente inútil. Isso é bom para outros; para o Diogo, por exemplo...

— Para o Diogo?

A bela viúva pareceu ter um assomo de cólera. Depois de um silêncio disse:

— Adeus! Desculpe, estou incomodada.

— Então, até amanhã!

Dizendo o que, Tito apertou a mão de Emília e saiu tão alegre e descuidoso como se saísse de um jantar de anos.

Emília, apenas ficou só, caiu numa cadeira e cobriu o rosto.

Estava nessa posição havia cinco minutos, quando assomou à porta a figura do velho Diogo.

"What can I do! What I feel is that Adelaide's husband was also in this *voltarete*."

"He left at ten o'clock, and a new partner came in, who was not all bad."

"Poor Adelaide!"

"But if I tell you that he left at ten o'clock..."

"He shouldn't have gone. He must always belong to his wife. I know I am speaking to an unbeliever; you cannot calculate the happiness and duties of the domestic household. Two creatures living for one to another, mingled, unified; they think, aspire, dream the same thing; they limit the horizon in each other's eyes, without any other ambition, without envy of anything else. Do you know what this is?"

"I know... It's marriage from outside."

"I know someone who would prove all this to you..."

"Really? Who is this phoenix?"

"If I tell you, you'll mock me; I won't say."

"Mock! Say it, I'm curious."

"Don't you think there's anyone who can love you?"

"There could be...

""Don't you believe that anyone, out of spite, for anything else, draws from the originality of her spirit the inflows of a true love, very different from the ordinary love of the halls; a love capable of sacrifice, capable of everything? Don't you believe!"

"If you assert me, I believe; but..."

"There is the person and the love."

"They're two phoenix."

"Don't mock me. They exist... Search..."

"Ah! This will be more difficult: I don't have time. And supposing I found her, what good would it do me? For me it's perfectly useless. This is good for others; for Diogo, for example..."

O rumor que o velho fez entrando despertou a viúva.

— Ainda aqui!

— É verdade, minha senhora, disse Diogo aproximando-se, é verdade. Ainda aqui, por minha infelicidade...

— Não entendo...

— Não saí para casa. Um demônio oculto me impeliu para cometer um ato infame. Cometi-o, mas tirei dele um proveito; estou salvo. Sei que me não ama.

— Ouviu?

— Tudo. E percebi.

— Que percebeu, meu caro senhor?

— Percebi que a senhora ama o Tito.

— Ah!

— Retiro-me, portanto, mas não quero fazê-lo sem que ao menos fique sabendo de que saio com ciência de que não sou amado; e que saio antes de me mandarem embora.

Emília ouviu as palavras de Diogo com a maior tranquilidade. Enquanto ele falava teve tempo de refletir no que devia dizer.

Diogo estava já a fazer o seu último cumprimento, quando a viúva lhe dirigiu a palavra.

— Ouça-me, Sr. Diogo. Ouviu bem, mas percebeu mal. Já que pretende ter sabido...

— Já sei; vem dizer que há um plano assentado de zombar com aquele moço...

— Como sabe?

— Disse-mo D. Adelaide.

— É verdade.

— Não creio.

— Por quê?

110

"For Diogo?"

The beautiful widow seemed to have a fit of anger. After a silence she said:

"Goodbye! Sorry, I'm annoyed."

"So, see you tomorrow!"

Having said, Tito clasped Emília's hand and left as cheerful and careless as if he had left a birthday dinner party.

Emília, alone, fell on a chair and covered her face.

She had been in that position for five minutes, when old Diogo's figure appeared at the doorway.

The noise the old man made when entering awakened the widow.

"Still here!"

"That is true, my lady," said Diogo, approaching, "that is true. I'm still here, for my unhappiness…"

"I don't understand…"

"I didn't go home. An occult demon impelled me to commit an infamous act. I did it, but I benefited from it; I'm saved. I know you don't love me."

"Did you hear me?"

"Everything. And I realized."

"What did you realize, my dear sir?"

"I realized you love Tito."

"Ah!"

"I go away, therefore, but I don't want to do so unless you at least know that I know I'm not loved; and that I leave before being sent away."

Emília listened to Diogo's words with the greatest of ease. He had time to reflect on what he was supposed to say as he spoke.

Diogo was just taking his leave when the widow spoke to him.

"Listen to me, Mr. Diogo. You heard, but you misunderstood. Since you intend to have known…"

— Havia lágrimas nas suas palavras. Ouvi-as com a dor n'alma. Se soubesse como eu sofria!

A bela viúva não pôde deixar de sorrir ao gesto cômico de Diogo. Depois, como ele parecesse mergulhado em meditação sombria, disse:

— Engana-se, tanto que volto para a cidade.

— Deveras?

— Pois acredita que um homem como aquele possa inspirar qualquer sentimento sério? Nem por sombras!

Estas palavras foram ditas no tom com que Emília costumava persuadir aquele eterno namorado.

Isso e mais um sorriso, foi quanto bastou para acalmar o ânimo de Diogo. Daí a alguns minutos estava ele radiante.

— Olhe, e para desenganá-lo de uma vez vou escrever um bilhete ao Tito...

— Eu mesmo o levarei, disse Diogo louco de contente.

— Pois sim!

— Adeus, até amanhã. Tenha sonhos cor-de-rosa, e desculpe os meus maus modos. Até amanhã.

O velho beijou graciosamente a mão de Emília e saiu.

IV

No dia seguinte, ao meio-dia, Diogo apresentou-se ao Tito, e depois de falar sobre diferentes coisas, tirou do bolso uma cartinha, que fingira ter esquecido até então, e a qual mostrava não dar grande apreço.

— Que bomba! disse ele consigo, na ocasião em que Tito rasgou a sobrecarta.

Eis o que dizia a carta:

"Dei-lhe o meu coração. Não quis aceitá-lo, desprezou-o mesmo. A sua bota magoou-o demais para que ele possa palpitar ainda. Está morto. Não o censuro; não se deve falar de luz aos cegos; a culpada

"I already know; you come to say that there is a plan to mock that young man…"

"How do you know?"

"Mrs. Adelaide told me."

"It's true."

"I don't believe it."

"Why?"

"There were tears in your words. I heard them with the pain in my soul. If only you knew how I suffered!"

The beautiful widow couldn't help grinning at Diogo's comic gesture. Then, as he seemed plunged into somber meditation, she said:

"You are wrong, so much so that I return to the city."

"Really?"

"Why do you think such a man could inspire any serious feeling? Not at all!"

These words were spoken in the tone with which Emília used to persuade that eternal boyfriend.

That, and one more smile, was enough to calm Diogo's mood. After a few minutes he was radiant.

"Look, and to disabuse you at once, I'm going to write a note to Tito…"

"I'll take it myself," said Diogo, madly happy.

"Yes!"

"Goodbye, see you tomorrow. Have rosy dreams, and excuse my bad moods. See you tomorrow."

The old man graciously kissed Emília's hand and left.

IV

The next day, at noon, Diogo visited Tito, and after talking about different things, he took from his pocket a little letter, which he had pre-

fui eu. Supus que pudesse dar-lhe uma felicidade, recebendo outra. Enganei-me.

"Tem a glória de retirar-se com todas as honras de guerra. Eu é que fico vencida. Paciência! Pode zombar de mim; não lhe contesto o direito que tem para isso.

"Entretanto, devo dizer-lhe que eu bem o conhecia; nunca lho disse, mas conhecia-o; desde o dia em que o vi pela primeira vez em casa de Adelaide, reconheci na sua pessoa o mesmo homem que um dia veio atirar-se aos meus pés... Era zombaria então, como hoje. Eu já devia conhecê-lo. Caro pago o meu engano. Adeus, adeus para sempre."

Lendo esta carta, Tito olhava repetidas vezes para Diogo. Como é que o velho se prestara àquilo? Era autêntica ou apócrifa a tal carta? Sobre não trazer assinatura, tinha a letra disfarçada. Seria uma arma de que o velho usara para descartar-se do rapaz? Mas, se fosse assim, era preciso que ele soubesse do que se passara na véspera.

Tito releu a carta muitas vezes; e, despedindo-se do velho, disse-lhe que a resposta iria depois.

Diogo retirou-se esfregando as mãos de contente.

É que a carta cuja leitura os leitores fizeram ao mesmo tempo que o nosso herói não era a que Emília lera a Diogo. Na minuta apresentada ao velho a viúva declarava simplesmente que se retirava para a corte, e acrescentava que entre as recordações que levava de Petrópolis figurava Tito, pela figura que ele havia representado diante dela. Mas essa minuta, por uma destreza puramente feminina, não foi a que Emília mandou a Tito, como viram os leitores.

À carta de Emília respondeu Tito nos seguintes termos:

"Minha senhora,

"Li e reli a sua carta; e não lhe ocultarei o sentimento de pesar que ela me inspirou. Realmente, minha senhora, é esse o estado do seu coração? Está assim tão perdido por mim?

114

tended to have forgotten until then, and to which he didn't show much appreciation.

"What a bomb!" he said to himself, at the time Tito tore the envelope.

This is what the letter said:

"I gave you my heart. You didn't want to accept it; you actually scorned it. Your boot has hurt it too much for it to throb anymore. It's dead. I don't blame you; one should not speak of light to the blind; I was the one to blame. I supposed I could give you happiness by getting it back. I was wrong.

"You have the glory of retreating with all the honors of war. I'm the loser. Well, what can I do! You can make fun of me; I don't dispute your right to do so.

"However, I must tell you that I knew you well; I never told you, but I knew you; from the day I first saw you at Adelaide's house, I recognized in you the same man who once came to throw himself at my feet... It was a mockery then, as it is today. I should have known you by now. I paid dearly for my mistake. Goodbye, goodbye forever."

Reading this letter, Tito looked at Diogo again and again. How had the old man lent himself to that? Was such a letter authentic or apocryphal? Besides not being signed, it had a disguised handwriting. Was it a weapon the old man had used to dispose of the young man? But, if that were so, he would have to know what had happened the day before.

Tito read the letter over many times; and saying goodbye to the old man, he told him that the answer would come later.

Diogo withdrew, happily rubbing his hands together.

It's that the letter whose readers read along with our hero wasn't the one Emília had read to Diogo. In the draft presented to the old man, the widow declared simply that she was retiring to the Court, and added that among the memories she carried from Petrópolis was Tito, for the

"Diz Vossa Excelência que eu com a minha bota machuquei o seu coração. Penaliza-me o fato, sem que eu entretanto o confirme. Não me lembra até hoje que tivesse feito estrago algum desta natureza. Mas, enfim, Vossa Excelência o diz, e eu devo crê-lo.

"Lendo esta carta Vossa Excelência dirá consigo que eu sou o mais audaz cavalheiro que ainda pisou a terra de Santa Cruz. Será um engano de observação. Isto em mim não é audácia, é franqueza. Lastimo que as coisas chegassem a este ponto, mas não posso dizer-lhe nada mais que a verdade.

"Devo confessar que não sei se a carta a que respondo é de Vossa Excelência. A sua letra, de que eu já vi uma amostra no álbum de D. Adelaide, não se parece com a da carta; está evidentemente disfarçada; é de qualquer mão. Demais, não traz assinatura.

"Digo isto porque a primeira dúvida que nasceu em meu espírito proveio do portador escolhido. Pois quê! Vossa Excelência não achou outro senão o próprio Diogo? Confesso que de tudo o que tenho visto em minha vida, é isto o que mais me faz rir.

"Mas eu não devo rir, minha senhora. Vossa Excelência abriu-me o seu coração de um modo que inspira antes compaixão. Esta compaixão não lhe é desairosa, porque não vem por sentido irônico. É pura e sincera. Sinto não poder dar-lhe essa felicidade que me pede; mas é assim.

"Não devo estender-me e, contudo custa-me arrancar a pena de cima do papel. É que poucos terão a posição que eu ocupo agora, a posição de requestado. Mas devo acabar e acabo aqui, mandando-lhe os meus pêsames e rogando a Deus para que encontre um coração menos frio que o meu.

"A letra vai disfarçada como a sua, e; como na sua carta, deixo a assinatura em branco.

character he had played before her. But this draft, by a purely feminine dexterity, wasn't the one Emília sent to Tito, as the readers saw.

To Emília's letter Tito answered in the following terms:

"My lady,

"I read and reread your letter; and I won't conceal the feeling of sorrow which it inspired in me. Really, my lady, is that the state of your heart? Are you so lost for me?

"Your Excellency says that with my boot I have injured your heart. The fact penalizes me, however I cannot confirm it. I don't recall that to this day I had done any damage of this nature. But, finally, Your Excellency says so, and I must believe it.

"Reading this letter, Your Excellency will tell herself that I'm the most daring gentleman who has ever trod the land of Santa Cruz. It will be a mistake of observation. This in me isn't audacity, it's frankness. I'm sorry things got to this point, but I cannot tell you anything but the truth.

"I must confess that I don't know if the letter to which I'm answering comes from Your Excellency. Your handwriting, of which I have already seen a sample on Mrs. Adelaide's album, doesn't resemble the one in the letter; is evidently disguised; it's from any hand. Moreover, there's no signature.

"I say this because the first doubt that was born in my spirit came from the chosen carrier. Why! Your Excellency didn't find any other than Diogo himself? I confess that from everything I've seen in my life, this is what makes me laugh the most.

"But I must not laugh, ma'am. Your Excellency has opened your heart to me in a way that inspires compassion instead. This compassion isn't inelegant toward you, because it doesn't come from an ironic sense. It's pure and sincere. I feel I cannot give you this happiness you ask from me; but that's the way it is.

Esta carta foi entregue à viúva na mesma tarde. À noite Azevedo e Adelaide foram visitá-la. Não puderam dissuadi-la da idéia da viagem para a Corte. Emília usou mesmo de uma certa reserva para com Adelaide, que não pôde descobrir os motivos de semelhante procedimento, e retirou-se um tanto triste.

No dia seguinte, com efeito, Emília e a tia aprontaram-se e saíram para voltar para a corte.

Diogo ficou em Petrópolis ainda, cuidando em aprontar as malas... Não queria, dizia ele, que o público, vendo-o partir em companhia das duas senhoras, supusesse coisas desairosas à viúva.

Todos estes passos admiravam Adelaide, que, como disse, via na insistência de Emília e nos seus modos reservados um segredo que não compreendia. Quereria ela por aquele meio de viagem atrair Tito? Nesse caso era cálculo errado; visto que o rapaz, naquele dia como nos outros, acordou tarde e almoçou alegremente.

— Sabe, disse Adelaide, que a esta hora deve ter partido para a cidade a nossa amiga Emília?

— Já tinha ouvido dizer.

— Por que será?

— Ah! isso é que eu não sei. Altos segredos do espírito de mulher! Por que sopra hoje a brisa deste lado e não daquele? Interessa-me tanto saber uma coisa como outra.

No fim do almoço Tito, como quase sempre, retirou-se para ler durante duas horas.

Adelaide ia dar algumas ordens quando viu com pasmo entrar-lhe em casa a viúva, acompanhada de um criado.

— Ah! não partiste? disse Adelaide correndo a abraçá-la.

— Não me vês aqui?

O criado saiu a um sinal de Emília.

"I must not extend myself, and yet it's difficult for me to pluck the pen from the paper. It's that few will have the position that I occupy now, the position of the requested. But I must end and end here, sending you my condolences and praying to God that you find a heart less cold than mine.

"The letter goes disguised as yours, and; as in your letter, I leave the signature blank."

This letter was delivered to the widow the same afternoon. At night Azevedo and Adelaide went to visit her. They could not dissuade her from the idea of the trip to the Court. Emília even used a certain reserve toward Adelaide, who couldn't uncover the reasons for such a procedure, and withdrew somewhat sadly.

The next day, Emília and her aunt got ready to go back to the Court.

Diogo still stayed in Petrópolis, taking care of packing his bags... He didn't want, he said, that the public, watching him go with the two ladies, should assume shameful things of the widow.

All these steps amazed Adelaide, who, as I said, saw in Emília's insistence and reserved manners a secret she didn't understand. Did she want to attract Tito with that trip? In that case it was a wrong calculation; since the young man, on that day like the others, woke up late and happily had lunch.

"You know," said Adelaide, "that our friend Emília must have left for the city by this hour?"

"I had already heard of it."

"I wonder why?"

"Ah! This is what I don't know. High secrets of the woman's spirit! Why does the breeze blow on this side today, and not that? It interests me so much to know one thing as another."

At the end of lunch Tito, as usual, retired to read for two hours.

– Mas que há? perguntou a mulher de Azevedo, vendo os modos estranhos da viúva.

– Que há? disse esta. Há o que não prevíamos... És quase minha irmã... posso falar francamente. Ninguém nos ouve?

– Ernesto está fora e o Tito lá em cima. Mas que ar é esse?

– Adelaide! disse Emília com os olhos rasos de lágrimas, eu o amo!

– Que me dizes?

– Isto mesmo. Amo-o doidamente, perdidamente, completamente. Procurei até agora vencer esta paixão, mas não pude; e quando, por vãos preconceitos, tratava de ocultar-lhe o estado do meu coração, não pude, as palavras saíram-me dos lábios insensivelmente...

– Mas como se deu isto?

– Eu sei! Parece que foi castigo; quis fazer fogo e queimei-me nas mesmas chamas. Ah! não é de hoje que me sinto assim. Desde que os seus desdéns em nada cederam, comecei a sentir não sei o quê; ao princípio despeito, depois um desejo de triunfar, depois uma ambição de ceder tudo, contanto que tudo ganhasse; afinal não fui senhora de mim. Era eu quem me sentia doidamente apaixonada e lho manifestava, por gestos, por palavras, por tudo; e mais crescia nele a indiferença, mais crescia o amor em mim.

– Mas estás falando sério?

– Olha antes para mim.

– Quem pensara?...

– A mim própria parece impossível; porém é mais que verdade...

– E ele?...

– Ele disse-me quatro palavras indiferentes, nem sei o que foi, e retirou-se.

– Resistirá?

– Não sei.

– Se eu adivinhara isto não te insinuaria naquela malfadada idéia.

Adelaide was about to give some orders when she saw with amazement the widow, accompanied by a servant, come into her house.

"Ah! Didn't you leave?" said Adelaide running to hug her.

"Can you not see me here?"

The servant went out at a sign from Emília.

"But what is it?" asked Azevedo's wife, seeing the widow's strange manners.

"What is it?" the other said. "There's what we didn't anticipate... You're almost my sister... I can speak frankly. Can anyone hear us?"

"Ernesto is out and Tito is upstairs. But what look is this?"

"Adelaide!" said Emília, her eyes wet with tears, "I love him!"

"What are you telling me?"

"That's right. I love him madly, hopelessly, completely. I have tried so far to overcome this passion, but I couldn't; and when, for vain prejudice, I tried to hide the state of my heart, I couldn't, the words left my lips insensibly..."

"But how did this happen?"

"I know! It seems that it was a punishment; I wanted to make a fire and I burned myself in the same flames. Ah! It's not from today that I feel like this. Ever since his disdain didn't give way, I began to feel I don't know what; at first spite, then a desire to triumph, then an ambition to give everything up, as long as I won everything; I wasn't my own master after all. It was I who felt madly in love and expressed it, by gestures, by words, by everything; and the more indifference grew in him, the more love grew in me."

"But are you serious?"

"Look at me first."

"Who would have thought?"

"It seems impossible to me; but it's more than true..."

"And him?..."

— Não me compreendeste. Cuidas que eu deploro o que acontece? Oh! não! Sinto-me feliz, sinto-me orgulhosa... É um destes amores que brotam por si para encher a alma de satisfação: devo antes abençoar-te...

— É uma verdadeira paixão... Mas acreditas impossível a conversão dele?

— Não sei; mas seja ou não impossível, não é a conversão que eu peço; basta-me que seja menos indiferente e mais compassivo.

— Mas que pretendes fazer? perguntou Adelaide sentindo que as lágrimas também lhe rebentavam dos olhos.

Houve alguns instantes de silêncio.

— Mas o que tu não sabes, continuou Emília, é que ele não é para mim um simples estranho. Já o conhecia antes de casada. Foi ele quem me pediu em casamento antes de Rafael...

— Ah!

— Sabias?

— Ele já me havia contado a história, mas não nomeara a santa. Eras tu?

— Era eu. Ambos nos conhecíamos, sem dizermos nada um ao outro...

— Por quê?

A resposta a esta pergunta foi dada pelo próprio Tito, que assomara à porta do interior. Tendo visto entrar a viúva de uma das janelas, Tito desceu abaixo a ouvir a conversa dela com Adelaide. A estranheza que lhe causava a volta inesperada de Emília podia desculpar a indiscrição do rapaz.

— Por quê? repetiu ele. É o que lhes vou dizer.

— Mas antes de tudo, disse Adelaide, não sei se sabe que uma indiferença, tão completa, como a sua, pode ser fatal a quem lhe é menos indiferente?

"He told me four indifferent words, I don't know what they were, and he left."

"Will you resist?"

"I don't know."

"If I had guessed this, I wouldn't have insinuated you into that ill-fated idea."

"You didn't understand me. Do you think I deplore what is happening? Oh! No! I feel happy, I feel proud… It's one of these loves that sprout on its own to fill your soul with satisfaction: I must first bless you…"

"It's a real passion… But do you believe it's impossible to convert him?"

"I don't know; but whether or not it's impossible, it's not the conversion that I ask for; it's enough for me that he's less indifferent and more compassionate."

"But what are you going to do?" asked Adelaide, feeling tears also coming up in her eyes.

There was a moment of silence.

"But what you don't know," continued Emília, "is that he isn't a simple stranger to me. I knew him before I was married. It was he who asked me for marriage before Rafael…"

"Ah!"

"Did you know?"

"He had already told me the story, but he had not named the saint. Was that you?"

"It was me. We both knew each other without saying anything to each other…"

"Why?"

The answer to this question was given by Tito himself, who had come to the door from outside. Having seen from one of the windows the

— Refere-se à sua amiga? perguntou Tito. Eu corto tudo com uma palavra.

E voltando-se para Emília, disse, estendendo-lhe a mão:

— Aceita a minha mão de esposo?

Um grito de alegria suprema ia saindo do peito de Emília; mas não sei se um resto de orgulho, ou qualquer outro sentimento, converteu essa manifestação em uma simples palavra, que aliás foi pronunciada com lágrimas na voz:

— Sim! disse ela.

Tito beijou amorosamente a mão da viúva. Depois acrescentou:

— Mas é preciso medir toda a minha generosidade; eu devia dizer: aceito a sua mão. Devia ou não devia? Sou um tanto original e gosto de fazer inversão em tudo.

— Pois sim; mas de um ou de outro modo sou feliz. Contudo um remorso me surge na consciência. Dou-lhe uma felicidade tão completa como a que recebo?

— Remorso? se é sujeita aos remorsos deve ter um, mas por motivo diverso. A senhora está passando neste momento pelas forcas caudinas. Fi-la sofrer, não? Ouvindo o que vou dizer concordará que eu já antes sofria, e muito mais.

— Temos romance? perguntou Adelaide a Tito.

— Realidade, minha senhora, respondeu Tito, e realidade em prosa. Um dia, há já alguns anos, tive eu a felicidade de ver uma senhora, e amei-a. O amor foi tanto mais indomável quanto que me nasceu de súbito. Era então mais ardente que hoje, não conhecia muito os usos do mundo. Resolvi declarar-lhe a minha paixão e pedi-la em casamento. Tive em resposta este bilhete...

— Já sei, disse Emília. Essa senhora fui eu. Estou humilhada; perdão!

— Meu amor lhe perdoa; nunca deixei de amá-la. Eu estava certo de encontrá-la um dia e procedi de modo a fazer-me o desejado.

widow coming in, Tito came downstairs to hear her conversation with Adelaide. The strangeness of Emília's unexpected return could excuse the young man's indiscretion.

"Why?" he repeated. "That's what I'm going to tell you."

"But first of all," said Adelaide, "I don't know if you know that such indifference, as whole as yours, can be fatal to the least indifferent?"

"You mean your friend?" asked Tito. "I cut everything with one word."

And turning to Emília, he said, holding out his hand:

"Do you accept my hand as husband?"

A cry of supreme joy came from Emília's chest; but I don't know whether a remnant of pride or any other sentiment has converted this manifestation into a simple word, which in fact was pronounced with tears in her voice:

"Yes!" she said.

Tito kissed the widow's hand lovingly. Then he added:

"But all my generosity must be measured; I should say: I accept your hand. Should I or shouldn't I? I'm a bit original and I like to invert it all."

"Yes, yes; but one way or the other I am happy. Yet remorse comes into my consciousness. Do I give you happiness as complete as I get?"

"Remorse? If you're subject to remorse you must have one, but for a different reason. You are facing the music at this moment. I've made you suffer, haven't I? Hearing what I'm about to say will agree that I have suffered before, and more."

"Do we have a novel?" Adelaide asked Tito.

"Reality, my lady," replied Tito, "and reality in prose. One day, some years ago, I had the happiness of seeing a lady, and I loving her. Love was all the more indomitable for having been born in me suddenly. It was then more ardent than today, it didn't know the manners of the

– Escreva isto e dirão que é um romance, disse alegremente Adelaide.

– A vida não é outra coisa... acrescentou Tito.

Daí a meia hora entrava Azevedo. Admirado da presença de Emília quando a supunha a rodar no trem de ferro, e mais admirado ainda das maneiras cordiais por que se tratavam Tito e Emília, o marido de Adelaide inquiriu a causa disso.

– A causa é simples, respondeu Adelaide; Emília voltou porque vai casar-se com Tito.

Azevedo não se deu por satisfeito; explicaram-lhe tudo.

– Percebo, disse ele. Tito não tendo alcançado nada caminhando em linha reta, procurou ver se alcançava caminhando por linha curva. Às vezes é o caminho mais curto.

– Como agora, acrescentou Tito.

Emília jantou em casa de Adelaide. À tarde apareceu ali o velho Diogo, que ia despedir-se porque devia partir para a Corte no dia seguinte de manhã. Grande foi a sua admiração quando viu a viúva.

– Voltou?

– É verdade, respondeu Emília rindo.

– Pois eu ia partir, mas já não parto. Ah! recebi uma carta da Europa: foi o capitão da galera Macedônia que ma trouxe! Chegou o urso!

– Pois vá fazer-lhe companhia, respondeu Tito.

Diogo fez uma careta. Depois, como desejasse saber o motivo da súbita volta da viúva, esta explicou-lhe que se ia casar com Tito.

Diogo não acreditou.

– É ainda um laço, não? disse ele piscando os olhos.

E não só não acreditou então, como não acreditou daí em diante, apesar de tudo. Daí a alguns dias partiram todos para a Corte. Diogo ainda se não convencia de nada. Mas, quando entrando um dia em casa de Emília viu a festa do noivado, o pobre velho não pôde negar a realidade

world very much. I decided to declare my passion and ask her to marry me. I had this note in response…"

"I know," said Emília. "This lady was me. I am humiliated; forgive me!"

"My love forgives you; I never stopped loving you. I was sure to meet you one day and proceeded to make myself the desired one."

"Write this down and say it's a novel," Adelaide said cheerfully.

"Life is nothing else," added Tito.

A half hour later, Azevedo entered. Astonished with Emília's presence when she was supposed to be riding on the train; and even more astonished at the cordial manner in which Tito and Emília were concerned, Adelaide's husband inquired as to the reason.

"The reason is simple," replied Adelaide; "Emília has returned because she's going to marry Tito."

Azevedo wasn't satisfied; they explained everything to him.

"I see," he said. "Tito having reached nothing by walking in a straight line, tried to see if he got somewhere walking along a curved line. Sometimes it's the shortest way."

"Like now," added Tito.

Emília ate at Adelaide's. In the afternoon old Diogo appeared there; he was going to say goodbye because he was to leave for the Court the following day in the morning. Great was his admiration when he saw the widow.

"You came back?"

"That's true," said Emília, laughing.

"I was leaving, but I'm not leaving anymore. Ah! I received a letter from Europe: it was the captain of the galley Macedonia that brought it! The bear has arrived!"

"Go and keep him company," said Tito.

e sofreu um forte abalo. Todavia, teve ainda coração para assistir às festas do noivado. Azevedo e a mulher serviram de testemunhas.

"É preciso confessar, escrevia dois meses depois o feliz noivo ao esposo de Adelaide; – é preciso confessar que eu entrei num jogo arriscado. Podia perder; felizmente ganhei."

Diogo winced. Then, as he wished to know the reason for the widow's sudden return, she explained that she was going to marry Tito.

Diogo didn't believe it.

"It's still a bond, isn't it?" he said, blinking his eyes.

And not only didn't he believe then, as he didn't believe from there on, despite everything. After a few days they all left for the Court. Diogo was still not convinced. But one day when entering Emília's house he saw the engagement party, the poor old man couldn't deny the reality and suffered a great tremor. Nevertheless, he still had the heart to attend the engagement party. Azevedo and his wife served as witnesses.

"It's necessary to confess," wrote the happy fiancé two months later to Adelaide's husband; "You must confess that I was in a risky game. I could have lost; fortunately I won."

Original Publication: Linha Recta e Linha Curva, *Jornal das Famílias,* Part I: Ed.10 (Out.1865), p.289-301; Part II: Ed. 11 (Nov.1865), p.321-329; Part III: Ed. 12 (Dez. 1865), p.353-361; Part IV: Ed. 01 (Jan. 1866), p.5-11.

Notes

[1]   Petrópolis, Imperial City, is the capital of a municipality located to the north of the city of Rio de Janeiro, on the top of the Serra da Estrela, which belongs to the set of mountains called Serra dos Órgãos.

[2]   It can also be used to refer to a circle of flatterers who surround a figure of authority. This word has an ironical connotation in Machado's works, as he uses it to refer to a political situation in which the Portuguese court, having arrived in Brazil in 1808, didn't rule the country anymore, since Brazilian independence happened in 1822 and his narratives take

place after that. Machado also uses the word to refer to the flatterers sur-
rounding people who belonged to the upper classes, characterized as futile
and superficial.

³ Food plant of the cucurbit family (*Cucumis anguria*), akin to the
cucumber.

⁴ Machado de Assis is probably referring to Valparaíso, in Chile.

⁵ *Marília de Dirceu* [*Dirceu's Marília*] (1792) is the title of a poetry
book by Luso-Brazilian Neoclassist Tomás António Gonzaga (1744–1810),
where the main character is called Marília.

⁶ From Latin *Tityre, tu patulae recubans sub tegmine fagi* [Tityrus,
thou reclining beneath the shelter of the spreading beech tree], opening
line of the 1st *Eclogue* of Virgil; from their being regarded as wealthy and
idle.

⁷ Theocritus (c. 300–c. 260 BC) was a Greek poet who created pas-
toral poetry, having his poems named *eidyllia* [idylls], a diminutive form of
eidos [little poems].

⁸ A card game that involves bidding, trump, and tricks, with three
players and forty cards. Despite its difficult rules, complicated point score
and strange foreign terms, it swept Europe in the last quarter of the 17th
century, becoming Lomber in Germany, Lumbur in Austria and Ombre or
Hombre in England.

⁹ A play in *voltarete* before the cards been dealt.

¹⁰ Sappho (c. 610–c. 570 BC) was an archaic Greek known for her
lyric poetry, written to be sung and accompanied by a lyre.

¹¹ *Contos de réis*, Brazilian currency of the period, *réis* (plural of real).
One *conto de réis* was equivalent to 1,000,000 *réis* or 900 grams of gold.
Measured against the relative price of gold, one *conto de réis* would be
equivalent to approximately USD 38,000 (December 2017).

¹² From the Bible (Genesis: 3:19): *"Memento, homo, quia pulvis es, et
in pulverem reverteris."* [Remember, man, what dust you are and dust you
will return].

¹³ This is actually the 8th Commandment in the Bible.

¹⁴ Count the Almaviva, and Rosina are two characters in The Bar-

ber of Seville (1815, by Italian composer Gioachino Rossini (1792–1868)).

[15] The chief magistrates in the former republics of Venice and Genoa.

[16] James Pradier (1790–1852) was a Swiss-born French sculptor best known for his work in the neoclassical style.

[17] Sébastien Érard (1752–1831) was a French instrument maker of German origin who specialized in the production of pianos and harps, developing the capacities of both instruments and pioneering the modern piano.

[18] In Greek mythology, Ganymede or Ganymedes is a divine hero whose homeland was Troy.

Luiz Soares

Capítulo I

Trocar o dia pela noite, dizia Luiz Soares, é restaurar o império da natureza corrigindo a obra da sociedade. O calor do sol está dizendo aos homens que vão descansar e dormir, ao passo que a frescura relativa da noite é a verdadeira estação em que se deve viver. Livre em todas as minhas ações, não quero sujeitar-me à lei absurda que a sociedade me impõe: velarei de noite, dormirei de dia.

Contrariamente a vários ministérios, Soares cumpria este programa com um escrúpulo digno de uma grande consciência. A aurora para ele era o crepúsculo, o crepúsculo era a aurora. Dormia doze horas consecutivas durante o dia, quer dizer das seis da manhã às seis da tarde. Almoçava às sete e jantava às duas da madrugada. Não ceava. A sua ceia limitava-se a uma xícara de chocolate que o criado lhe dava às cinco horas da manhã quando ele entrava para

Luiz Soares

translated by Ana Lessa-Schmidt

Chapter I

To exchange day for night, said Luiz Soares, is to restore the empire of nature by correcting the work of society. The heat of the sun is telling men to go rest and sleep, while the relative coolness of the night is the true season in which one must live. Free in all my actions, I don't want to subject myself to the absurd law that society imposes on me: I'll keep watch overnight, I'll sleep during the day.

Contrary to several ministries, Soares fulfilled this program with a scruple worthy of a great conscience. Dawn for him was twilight, twilight was dawn. He slept twelve consecutive hours during the day, that is, from six in the morning to six in the afternoon. He had lunch at seven and dined at two in the morning. No supper. His supper was confined to a cup of chocolate which the servant gave him at five o'clock in the morning as he entered the house. Soares swallowed the chocolate, smoked two cigars, made some puns with the servant, read a page of some novel, and lay down.

casa. Soares engolia o chocolate, fumava dois charutos, fazia alguns trocadilhos com o criado, lia uma página de algum romance, e deitava-se.

Não lia jornais. Achava que um jornal era a coisa mais inútil deste mundo, depois da Câmara dos Deputados, das obras dos poetas e das missas. Não quer isto dizer que Soares fosse ateu em religião, política e poesia. Não. Soares era apenas indiferente. Olhava para todas as grandes coisas com a mesma cara com que via uma mulher feia. Podia vir a ser um grande perverso; até então era apenas uma grande inutilidade.

Graças a uma boa fortuna que lhe deixara o pai, Soares podia gozar a vida que levava, esquivando-se a todo o gênero de trabalho e entregue somente aos instintos da sua natureza e aos caprichos do seu coração. Coração é talvez demais. Era duvidoso que Soares o tivesse. Ele mesmo o dizia. Quando alguma dama lhe pedia que ele a amasse, Soares respondia:

— Minha rica pequena, eu nasci com a grande vantagem de não ter coisa nenhuma dentro do peito nem dentro da cabeça. Isso que chamam juízo e sentimento são para mim verdadeiros mistérios. Não os compreendo porque os não sinto.

Soares acrescentava que a fortuna suplantara a natureza deitando-lhe no berço em que nasceu uma boa soma de contos de réis. Mas esquecia que a fortuna, apesar de generosa, é exigente, e quer da parte dos seus afilhados algum esforço próprio. A fortuna não é Danaide. Quando vê que um tonel esgota a água que se lhe põe dentro vai levar os seus cântaros a outra parte. Soares não pensava nisto. Cuidava que os seus bens eram renascentes como as cabeças da hidra antiga. Gastava às mãos largas; e os contos de réis, tão dificilmente acumulados por seu pai, escapavam-se-lhe das mãos como pássaros sequiosos por gozarem do ar livre.

Achou-se, portanto, pobre quando menos o esperava. Um dia de manhã, quer dizer às ave-marias, os olhos de Soares viram escritas as

He didn't read newspapers. He thought that a newspaper was the most useless thing in the world, after the Chamber of Deputies, the works of poets, and church Masses. This doesn't mean that Soares was an atheist in religion, politics, and poetry. No. Soares was just indifferent. He looked at all the great things with the same countenance as he looked at an ugly woman. It could be a huge perversion; until then it was just a huge uselessness.

Thanks to a good fortune left by his father, Soares could enjoy the life he led, avoiding all kinds of work and surrendering only to the instincts of his nature and the whims of his heart. Heart is perhaps too much. It was doubtful that Soares had one. He said it himself. When some lady asked him to love her, Soares would answer:

"My dear young woman, I was born with the great advantage of having nothing inside my chest or inside my head. What they call judgment and feeling are true mysteries to me. I don't understand them because I don't feel them."

Soares added that fortune had supplanted nature by throwing him into the cradle of a good sum of money. But he forgot that fortune, although generous, is demanding, and wants from its godchildren some effort of their own. Fortune is not Danaide.[1] When fortune sees that a barrel exhausts the water poured inside it, it will take its pitchers to somewhere else. Soares didn't think about it. He thought that his riches were reborn like the heads of the ancient hydra. He was spending generously; and the *contos de réis*,[2] so accumulated with such difficulty by his father, escaped his hands like birds eager to relish the open air.

He was, therefore, poor when he least expected it. One morning, that is, at the time of the Hail Mary, Soares's eyes saw the fateful words of the Babylonian feasting written down. It was a letter that the servant had given him saying that Soares's banker had dropped it off at midnight. The servant spoke as his master lived: at noon he called midnight.

palavras fatídicas do festim babilônico. Era uma carta que o criado lhe entregara dizendo que o banqueiro de Soares a havia deixado à meia-noite. O criado falava como o amo vivia: ao meio-dia chamava meia-noite.

— Já te disse, respondeu Soares, que eu só recebo cartas dos meus amigos, ou então...

— De alguma rapariga, bem sei. É por isso que lhe não tenho dado as cartas que o banqueiro tem trazido há um mês. Hoje, porém, o homem disse que era indispensável que lhe eu desse esta.

Soares sentou-se na cama, e perguntou ao criado meio alegre e meio zangado:

— Então tu és criado dele ou meu?

— Meu amo, o banqueiro disse que se trata de um grande perigo.

— Que perigo?

— Não sei.

— Deixa ver a carta.

O criado entregou-lhe a carta.

Soares abriu-a e leu-a duas vezes. Dizia a carta que o rapaz não possuía mais que seis contos de réis. Para Soares seis contos de réis eram menos que seis vinténs.

Pela primeira vez na sua vida Soares sentiu uma grande comoção. A ideia de não ter dinheiro nunca lhe havia acudido ao espírito; não imaginava que um dia se achasse na posição de qualquer outro homem que precisava de trabalhar.

Almoçou sem vontade e saiu. Foi ao Alcazar. Os amigos acharam-no triste; perguntaram-lhe se era alguma mágoa de amor. Soares respondeu que estava doente. As Laís da localidade acharam que era de bom gosto ficarem tristes também. A consternação foi geral.

Um dos seus amigos, José Pires, propôs um passeio a Botafogo para distrair as melancolias de Soares. O rapaz aceitou. Mas o passeio

"I already told you," replied Soares, "that I only receive letters from my friends, or..."

"From some young woman, I know. That's why I haven't given you the letters that the banker has been bringing since a month ago. Today, however, the man said that it was indispensable that I gave you this one."

Soares sat down on the bed and asked the servant half-cheerful and half-angry:

"So you're his servant or mine?"

"My master, the banker said it is a great danger."

"What a danger?"

"I don't know."

"Let me see the letter."

The servant handed him the letter.

Soares opened it and read it twice. The letter said that the young man had no more than six *contos de réis*. For Soares six *contos de réis* was less than six cents.

For the first time in his life, Soares felt a great commotion. The idea of not having money had never come to mind; he didn't imagine that he would ever find himself in the position of any other man who needed to work.

He ate lunch unwillingly and left. He went to Alcazar.[3] Friends thought he was sad; they asked him if it was a love hurt. Soares replied that he was sick. The locals thought it was good taste to be sad as well. The consternation was general.

One of his friends, José Pires, proposed a trip to Botafogo[4] to distract Soares's melancholy. The young man accepted. But the ride to Botafogo was so common that it couldn't distract him. They remembered to go to Corcovado,[5] an idea that was accepted and executed immediately.[5]

a Botafogo era tão comum que não podia distraí-lo. Lembraram-se de ir ao Corcovado, ideia que foi aceita e executada imediatamente.

Mas que há que possa distrair um rapaz nas condições de Soares? A viagem ao Corcovado apenas lhe produziu uma grande fadiga, aliás útil, porque, na volta, dormiu o rapaz a sono solto.

Quando acordou mandou dizer ao Pires que viesse falar-lhe imediatamente. Daí a uma hora parava um carro à porta: era o Pires que chegava, mas acompanhado de uma rapariga morena que respondia ao nome de Vitória. Entraram os dois pela sala de Soares com a franqueza e o estrépito naturais entre pessoas de família.

— Não está doente? perguntou Vitória ao dono da casa.

— Não, respondeu este; mas por que veio você?

— É boa! disse José Pires; veio porque é a minha xícara inseparável... Querias falar-me em particular?

— Queria.

— Pois falemos aí em qualquer canto; Vitória fica na sala vendo os álbuns.

— Nada, interrompeu a moça; nesse caso vou-me embora. É melhor; só imponho uma condição: é que ambos hão de ir depois lá para casa; temos ceata.

— Valeu! disse Pires.

Vitória saiu; os dois rapazes ficaram sós.

Pires era o tipo do bisbilhoteiro e leviano. Em lhe cheirando novidade preparava-se para instruir-se de tudo. Lisonjeava-o a confiança de Soares, e adivinhava que o rapaz ia comunicar-lhe alguma coisa importante. Para isso assumiu um ar condigno com a situação. Sentou-se comodamente em uma cadeira de braços; pôs o castão da bengala na boca e começou o ataque com estas palavras:

— Estamos sós; que me queres?

Soares confiou-lhe tudo; leu-lhe a carta do banqueiro; mostrou-lhe em toda a nudez a sua miséria. Disse-lhe que naquela situação não via

But what is there that can distract a young man in Soares's conditions? The trip to the Corcovado only produced a great fatigue, useful for him, because, on his return, the young man slept soundly.

When he woke he sent word to Pires to come to speak to him immediately. An hour later, a car stopped at the door: it was Pires who arrived, but accompanied by a dark-haired young woman who answered to the name of Victoria. The two entered Soares's room with the frankness and din natural among family members.

"Aren't you sick?" Victoria asked the owner of the house.

"No," said he; "but why did you come?"

"That's good!" said José Pires; "She came because she's my inseparable cup of tea... Did you want to talk to me privately?"

"I wanted to."

"Well, let's talk in any corner; Victoria stays in the room looking at the albums."

"No," interrupted the young woman; "In that case, I'm leaving. It's better; I only impose a condition: it's that both of you will go to the house later; we have a banquet."

"Thanks!" said Pires.

Victoria left; the two young men were alone.

Pires was the snoopy and frivolous type. When he smelled something new, he prepared himself to learn everything. Soares's trust flattered him, and he guessed that the young man was going to tell him something important. For this, he took a liking to the situation. He sat comfortably in a chair; put the knob of the cane to his mouth and began the attack with these words:

"We are alone; what do you want from me?"

Soares confided everything to him; read the letter from the banker; showed his misery in all its nakedness. He told him that in that situation

solução possível, e confessou ingenuamente que a ideia do suicídio o havia alimentado durante longas horas.

— Um suicídio! Exclamou Pires; estás doido.

— Doido! respondeu Soares; entretanto não vejo outra saída neste beco. Demais, é apenas meio suicídio, porque a pobreza já é meia morte.

— Convenho que a pobreza não é coisa agradável, e até acho...

Pires interrompeu-se; uma ideia súbita atravessara-lhe o espírito: a ideia de que Soares acabasse a conferência por pedir-lhe dinheiro. Pires tinha um preceito na sua vida: era não emprestar dinheiro aos amigos. Não se empresta sangue, dizia ele.

Soares não reparou na frase cortada do amigo, e disse:

— Viver pobre depois de ter sido rico... é impossível.

— Nesse caso que me queres tu? perguntou Pires, a quem pareceu que era bom atacar o touro de frente.

— Um conselho.

— Inútil conselho, pois que já tens uma ideia fixa.

— Talvez. Entretanto confesso que não se deixa a vida com facilidade, e má ou boa, sempre custa morrer. Por outro lado, ostentar a minha miséria diante das pessoas que me viram rico é uma humilhação que eu não aceito. Que farias tu no meu lugar?

— Homem, respondeu Pires, há muitos meios...

— Venha um.

— Primeiro meio. Vai para Nova Iorque e procura uma fortuna.

— Não me convém; nesse caso fico no Rio de Janeiro.

— Segundo meio. Arranja um casamento rico.

— É bom de dizer. Onde está esse casamento?

— Procura. Não tens uma prima que gosta de ti?

— Creio que já não gosta; e demais não é rica; tem apenas trinta contos; despesa de um ano.

— É um bom princípio de vida.

— Nada; outro meio.

140

he could see no possible solution, and he naively confessed that the idea of suicide had fed him for long hours.

"Suicide!" exclaimed Pires; "You are crazy."

"Crazy!" Soares replied; "however, I see no other way out in this alley. Moreover, it is only half suicide, because poverty is already half-dead."

"I agree that poverty is not a pleasant thing, and I think…"

Pires broke off; a sudden thought crossed his mind: the idea that Soares would end the conference by asking for money. Pires had a precept in his life: not to lend money to his friends. No blood is lent, he would say.

Soares didn't notice his friend's broken sentence, and said:

"Living as a poor man after being rich… it's impossible."

"In which case what do you want from me?" asked Pires, who thought it was good to attack the bull head-on.

"Some advice."

"Useless advice, since you already have a fixed idea."

"Perhaps. However I confess that one doesn't leave life easily, and, bad or good, it's always difficult to die. On the other hand, bearing my misery before the people who have seen me rich is a humiliation that I don't accept. What would you do in my place?"

"Man," answered Pires, "there are many means…"

"Give me one."

"First possibility. You go to New York and look for a fortune."

"It doesn't suit me; in this case, I stay in Rio de Janeiro."

"Second possibility. Get yourself a rich marriage."

"That's good to say. Where is this marriage?"

"Look for it. Don't you have a cousin who likes you?"

"I don't think she likes me anymore; and besides, she's not rich; she has only thirty *contos*; a year's expenses."

— Terceiro meio, e o melhor. Vai à casa de teu tio, angaria-lhe a estima, dize que estás arrependido da vida passada, aceita um emprego, enfim vê se te constituis seu herdeiro universal.

Soares não respondeu; a ideia pareceu-lhe boa.

— Aposto que te agrada o terceiro meio? Perguntou Pires rindo.

— Não é mau. Aceito; e bem sei que é difícil e demorado; mas eu não tenho muitos à escolha.

— Ainda bem, disse Pires levantando-se. Agora o que se quer é algum juízo. Há de custar-te o sacrifício, mas lembra-te que é o meio único de teres dentro de pouco tempo uma fortuna. Teu tio é um homem achacado de moléstias; qualquer dia bate a bota. Aproveita o tempo. E agora vamos à ceia da Vitória.

— Não vou, disse Soares; quero acostumar-me desde já a viver vida nova.

— Bem; adeus.

— Olha; confiei-te isto a ti só; guarda-me segredo.

— Sou um túmulo, respondeu Pires descendo a escada.

Mas no dia seguinte já os rapazes e raparigas sabiam que Soares ia fazer-se anacoreta... por não ter dinheiro nenhum. O próprio Soares reconheceu isto no rosto dos amigos. Todos pareciam dizer-lhe: É pena! Que pândego vamos nós perder!

Pires nunca mais o visitou.

Capítulo II

O tio de Soares chamava-se o Major Luiz da Cunha Villela, e era com efeito um homem já velho e adoentado. Contudo não se podia dizer que morreria cedo. O Major Villela observava um rigoroso regímen que lhe ia entretendo a vida. Tinha uns bons sessenta anos. Era um velho alegre e severo ao mesmo tempo. Gostava de rir, mas era implacável com os maus costumes. Constitucional por necessidade, era no fundo de sua

"It's a good principle of life."

"No way; other possibility."

"Third possibility, and the best. Go to your uncle's house, earn his esteem, say that you're sorry for the past life, get a job; anyway, see if you become his universal heir."

Soares didn't answer; the idea seemed good to him.

"I bet you like the third possibility?" asked Pires, laughing.

"It's not bad. I accept; and I know it's difficult and time-consuming; but I don't have many to choose from."

"Good," said Pires, rising to his feet. "Now what you want is some reason. It'll cost you the sacrifice, but remember that it's the only means of having a fortune in a short time. Your uncle is a man prone to illness; any day now he kicks the bucket. Enjoy the time. And now we go to Victoria's supper.

"I will not," said Soares; "I want to get used to living a new life."

"Well; goodbye."

"Look! I entrusted this to you alone; keep it a secret."

"I am a tomb," answered Pires, going down the stairs.

But the next day the young men and women knew that Soares was going to become an anchorite... for not having any money. Soares himself recognized this on the faces of his friends. Everyone seemed to tell him: It's too bad! What a shame we're going to lose!

Pires never visited him again.

Chapter II

Soares's uncle was called Major Luiz da Cunha Villela, and he was indeed an old and sick man. Yet it couldn't be said that he'd die early. Major Villela observed a rigorous regimen that entertained his life. He was a well into his sixties. He was a cheerful old man at the same time. He liked to laugh, but he was ruthless with bad manners. Constitutional

alma absolutista. Chorava pela sociedade antiga; criticava constante-
mente a nova. Enfim foi o último homem que abandonou a cabeleira de
rabicho.

Vivia o Major Villela em Catumbi, acompanhado de sua sobrinha
Adelaide, e mais uma velha parenta. A sua vida era patriarcal.
Importando-se pouco ou nada com o que ia por fora, o major entregava-
se todo ao cuidado de sua casa, aonde poucos amigos e algumas famílias
da vizinhança o iam ver, e passar as noites com ele. O major conservava
sempre a mesma alegria, ainda nas ocasiões em que o reumatismo o
prostrava. Os reumáticos dificilmente acreditarão nisto; mas eu posso
afirmar que era verdade.

Foi num dia de manhã, felizmente um dia em que o major não sentia
o menor achaque, e ria e brincava com as duas parentas, que Soares
apareceu em Catumbi à porta do tio.

Quando o major recebeu o cartão com o nome do sobrinho, supôs
que era alguma caçoada. Podia contar com todos em casa, menos o
sobrinho. Fazia já dois anos que o não via, e entre a última e a penúltima
vez tinha mediado ano e meio. Mas o moleque disse-lhe tão seriamente
que o nhonhô Luiz estava na sala de espera, que o velho acabou por
acreditar.

– Que te parece, Adelaide?

A moça não respondeu.

O velho foi à sala de visitas.

Soares tinha pensado no meio de aparecer ao tio. Ajoelhar-se era
dramático demais; cair-lhe nos braços exigia certo impulso íntimo
que ele não tinha; além de que, Soares vexava-se de ter ou fingir uma
comoção. Lembrou-se de começar uma conversação alheia ao fim que
o levava lá, e acabar por confessar-se disposto a arrepiar carreira. Mas
este meio tinha o inconveniente de fazer preceder a reconciliação por
um sermão, que o rapaz dispensava. Ainda não se resolvera a aceitar

144

by necessity, at heart his soul was absolutist. He wept for the old society; and constantly criticized the new. Ultimately he was the last man to
abandon his ponytail hairpiece.

Major Villela lived in Catumbi, accompanied by his niece Adelaide,
and another old female relative. His life was patriarchal. Caring little or
nothing about what was going on outside, the Major would take care of
his house, where few friends and some families in the neighborhood
would visit him and spend the nights with him. The Major always kept
the same joy, even on occasions when rheumatism prostrated him.
Rheumatics will hardly believe it; but I can say that it was true.

It was one day in the morning, fortunately a day when the Major
felt no pain and laughed and played with the two female kinsfolk, that
Soares appeared in Catumbi at his uncle's door.

When the Major received the card with his nephew's name, he
assumed it was some mockery. He could count on everyone at home,
except the nephew. He hadn't seen him in two years, and between the
last and the penultimate time it had been around a year and a half.
But the errand boy told him so seriously that *nhonhô*[6] Luiz was in the
waiting room that the old man finally believed him.

"What do you think, Adelaide?"

The young woman didn't answer.

The old man went into the living room.

Soares had thought of how to approach his uncle. Kneeling was too
dramatic; falling into his arms demanded a certain inner impulse which
he didn't have; besides that, Soares was vexed of having or pretending
an emotional distress. He remembered to start conversation outside
the end that led him there, and to eventually confess that he wanted
to change the subject. But this means had the inconvenience of having
to precede the repentance with a sermon which the young man would

um dos muitos meios que lhe vieram à ideia, quando o major apareceu à porta da sala.

O major parou à porta sem dizer palavra e lançou sobre o sobrinho um olhar severo e interrogador.

Soares hesitou um instante; mas como a situação podia prolongar-se sem benefício seu, o rapaz seguiu um movimento natural: foi ao tio e estendeu-lhe a mão.

— Meu tio, disse ele, não precisa dizer mais nada; o seu olhar diz-me tudo. Fui pecador e arrependo-me. Aqui estou.

O major estendeu-lhe a mão, que o rapaz beijou com o respeito de que era susceptível.

Depois encaminhou-se para uma cadeira e sentou-se; o rapaz ficou de pé.

— Se o teu arrependimento é sincero, abro-te a minha porta e o meu coração. Se não é sincero podes ir embora; há muito tempo que não frequento a casa da ópera: não gosto de comediantes.

Soares protestou que era sincero. Disse que fora dissipado e doido, mas que aos trinta anos era justo ter juízo. Reconhecia agora que o tio sempre tivera razão. Supôs ao princípio que eram simples rabugices de velho, e mais nada; mas não era natural esta leviandade num rapaz educado no vício? Felizmente corrigia-se a tempo. O que ele agora queria era entrar em bom viver, e começava por aceitar um emprego público que o obrigasse a trabalhar e fazer-se sério. Tratava-se de ganhar uma posição.

Ouvindo o discurso de que fiz o extrato acima, o major procurava adivinhar o fundo do pensamento de Soares. Seria ele sincero? O velho concluiu que o sobrinho falava com a alma nas mãos. A sua ilusão chegou ao ponto de ver-lhe uma lágrima nos olhos, lágrima que não apareceu, nem mesmo fingida.

dispense. He hadn't yet resolved to accept one of the many ways that came to his mind when the Major appeared at the door of the room.

The Major stood at the door without a word and cast a stern, questioning glance over his nephew.

Soares hesitated a moment; but since the situation could be prolonged without benefiting him, the young man followed a natural movement: he went to his uncle and extended his hand.

"My uncle," he said, "you don't need to say anything else; your glance tells me everything. I was a sinner and I repent. Here I am."

The Major held out his hand, which the young man kissed with the respect of which he was susceptible.

Then he went to a chair and sat down; the young man remained standing

"If your repentance is sincere, I'll open my door and my heart. If you're not honest you can go; I haven't been to the opera house for a long time: I don't like comedians."

Soares protested that he was sincere. He said he had been dissipated and crazy, but at the age of thirty it was right to get to his senses. He recognized now that his uncle had always been right. He supposed at the beginning that they were the simple antics of an old man, and nothing more; but wasn't this the light-heartedness of a young man educated in vice? Luckily he corrected himself in time. What he now wanted was to get into a good life, and he began by accepting a public job that would force him to work and be serious. It was about winning a position.

Hearing the speech that I summarized above, the Major tried to guess the depths of Soares's thought. Was he sincere? The old man concluded that his nephew was speaking with his soul in his hands. Illusion came to the point of seeing a tear in his eyes, a tear that didn't appear, not even feigned.

Quando Soares acabou, o major estendeu-lhe a mão e apertou a que o rapaz lhe estendeu também.

— Creio, Luiz. Ainda bem que te arrependeste a tempo. Isso que vivias não era vida nem morte; a vida é mais digna e a morte mais tranquila do que a existência que malbarataste. Entras agora em casa como um filho pródigo. Terás o melhor lugar à mesa. Esta família é a mesma família.

O major continuou por este tom; Soares ouviu a pé quedo o discurso do tio. Dizia consigo que era a amostra da pena que ia sofrer, e um grande desconto dos seus pecados.

O major acabou levando o rapaz para dentro, onde os esperava o almoço.

Na sala de jantar estavam Adelaide e a velha parenta. A Sra. Antônia de Moura Villela recebeu Soares com grandes exclamações que envergonharam sinceramente o rapaz. Quanto a Adelaide, apenas o cumprimentou sem olhar para ele; Soares retribuiu o cumprimento.

O major reparou na frieza; mas parece que sabia alguma coisa, porque apenas deu uma risadinha amarela, coisa que lhe era peculiar.

Sentaram-se à mesa, e o almoço correu entre as pilhérias do major, as recriminações da Sra. Josephina, as explicações do rapaz e o silêncio de Adelaide. Quando o almoço acabou, o major disse ao sobrinho que fumasse, concessão enorme que o rapaz a custo aceitou. As duas senhoras saíram; ficaram os dois à mesa.

— Estás então disposto a trabalhar?

— Estou, meu tio.

— Bem; vou ver se te arranjo um emprego. Que emprego preferes?

— O que quiser, meu tio, contanto que eu trabalhe.

— Bem. Levarás amanhã, uma carta minha a um dos ministros. Deus queira que possas obter o emprego sem dificuldade. Quero ver-te

When Soares finished, the Major held out his hand and pressed the one that the young man also extended to him.

"I believe you, Luiz. I'm glad you regretted it in time. That which you lived was neither life nor death; life is more dignified and death quieter than the life you have wasted. You now come home as a prodigal son. You'll have the best place at the table. This family is the same family."

The Major continued in this tone; Soares listened, standing, to his uncle's speech. He told himself that it was the sample of the penalty he was going to suffer, and a great reduction of his sins.

The Major ended up taking the young man inside, where lunch was waiting for them.

In the dining room were Adelaide and the old female relative. Mrs. Antônia de Moura Villela received Soares with great exclamations that sincerely shamed the young man. As for Adelaide, she only greeted him without looking at him; Soares returned the compliment.

The Major noticed the coldness; but he seemed to know something, for he only laughed a jaundiced chuckle, something peculiar to him.

They sat at the table, and lunch went about between the Major's quips, Senhora Antônia's recriminations, the young man's explanations, and Adelaide's silence. When lunch was over, the Major told his nephew to smoke, a huge concession which the young man accepted at some cost. Both ladies left; they both stayed at the table.

"Are you ready to work?"

"I am, my uncle."

"Well; I'll see if I can get you a job. What job do you prefer?"

"Whatever you want, my uncle, as long as I work."

"Good. You'll take a letter from me to one of the ministers tomorrow. God willing you can get the job without difficulty. I want to see you

trabalhador e sério; quero ver-te homem. As dissipações não produzem nada, a não serem dívidas e desgostos... Tens dívidas?

– Nenhuma, respondeu Soares.

Soares mentia. Tinha uma dívida de alfaiate, relativamente pequena; queria pagá-la sem que o tio soubesse.

No dia seguinte o major escreveu a carta prometida, que o sobrinho levou ao ministro; e tão feliz foi, que daí a um mês estava empregado em uma secretaria com um bom ordenado.

Cumpre fazer justiça ao rapaz. O sacrifício que fez de transformar os seus hábitos da vida foi enorme, e a julgá-lo pelos seus antecedentes, ninguém o julgara capaz de tal. Mas o desejo de perpetuar uma vida de dissipação pode explicar a mudança e o sacrifício. Aquilo na existência de Soares não passava de um parêntesis mais ou menos extenso. Almejava por fechá-lo e continuar o período como havia começado, isto é, vivendo com Aspásia e pagodeando com Alcibíades.

O tio não desconfiava de nada; mas temia que o rapaz fosse novamente tentado à fuga, ou porque o seduzisse a lembrança das dissipações antigas, ou porque o aborrecesse a monotonia e a fadiga do trabalho. Com o fim de impedir o desastre, lembrou-se de inspirar-lhe ambição política. Pensava o major que a política seria um remédio decisivo para aquele doente, como se não fosse conhecido que os louros de Lovelace e os de Turgor andam muita vez na mesma cabeça.

Soares não desanimou o major. Disse que era natural acabar a sua existência na política, e chegou a dizer que algumas vezes sonhara com uma cadeira no parlamento.

– Pois eu verei se te posso arranjar isto, respondeu o tio. O que é preciso é que estudes a ciência da política, a história do nosso parlamento e do nosso governo; e principalmente é preciso que continues a ser o que és hoje: um rapaz sério.

working hard and serious; I want to see you a man. Dissipations produce nothing except debt and displeasure... Do you have any debts?"

"None," answered Soares.

Soares was lying. He had a tailor's debt, relatively small; he wanted to pay it without his uncle knowing.

The next day the Major wrote the promised letter, which the nephew took to the minister; and he was so fortunate that after a month he was employed in a well-ordered office.

It is fair to do justice to the young man. The sacrifice he made to transform his life habits was enormous, and judging from his background no one had thought him capable of such thing. But the desire to perpetuate a life of dissipation can explain the change and the sacrifice. That, in Soares's existence, was no more than a more or less extensive parenthesis. He longed to close it and continue the period as it had begun, that is, living with Aspasia[7] and reveling with Alcibiades.

The uncle didn't suspect anything; but he feared that the young man might be tempted to flee again, or that he might be seduced by the remembrance of the old dissipations, or that he would be annoyed by the monotony and fatigue of work. In order to prevent the disaster, he remembered to inspire political ambition in him. The Major thought that politics would be a decisive remedy for this sick man, as if it wasn't known that laurels of Lovelace[8] and those of Turgor are often in the same head.

Soares didn't discourage the Major. He said it was natural to end his existence in politics, and even went so far as to say that he had sometimes dreamed of having a seat in Parliament.

"I will see if I can arrange this for you," replied the uncle. "What you need is to study the science of politics, the history of our parliament and of our government; and most of all you must continue to be what you are today: a serious young man."

Se bem o dizia o major, melhor o fazia Soares, que desde então meteu-se com os livros e lia com afinco as discussões das câmaras.

Soares não morava com o tio, mas passava lá todo o tempo que lhe sobrava do trabalho, e voltava para casa depois do chá, que era patriarcal, e bem diferente das ceatas do antigo tempo.

Não afirmo que entre as duas fases da existência de Luiz Soares não houvesse algum elo de união, e que o emigrante das terras de Gnido não fizesse de quando em quando excursões à pátria. Em todo o caso essas excursões eram tão secretas que ninguém sabia delas, nem talvez os habitantes das referidas terras, com exceção dos poucos escolhidos para receberem o expatriado. O caso era singular, porque naquele país não se reconhece o cidadão naturalizado estrangeiro, ao contrário da Inglaterra, que não dá aos súditos da rainha o direito de escolherem outra pátria.

Soares encontrava-se de quando em quando com Pires. O confidente do convertido manifestava a sua amizade antiga oferecendo-lhe um charuto de Havana e contando-lhe algumas boas fortunas havidas nas campanhas do amor, em que o alarve supunha ser consumado general.

Havia já cinco meses que o sobrinho do Major Villela se achava empregado, e ainda os chefes da repartição não tinham tido um só motivo de queixa contra ele. A dedicação era digna de melhor causa. Exteriormente via-se em Luiz Soares um monge; raspando-se um pouco achava-se o diabo.

Ora, o diabo viu de longe uma conquista...

Capítulo III

A prima Adelaide tinha vinte e quatro anos, e a sua beleza, no pleno desenvolvimento da sua mocidade, tinha em si o condão de fazer morrer de amores. Era alta e bem-proporcionada; tinha uma cabeça modelada pelo tipo antigo; a testa era espaçosa e alta, os olhos rasgados e negros, o

If the Major said so, Soares, who since then got into the books and read the discussions of the Chambers, had better do it.

Soares didn't live with his uncle but spent all his spare time from work there, and returned home after tea, which was patriarchal, and quite different from the banquets of times past.

I don't claim that there was no common bond between Luiz Soares's two phases of existence, and that the emigrant of the lands of Cnido[9] wouldn't occasionally make excursions to his homeland. In any case, these excursions were so secret that no one knew of them, perhaps not even the inhabitants of those lands, except for the few chosen to receive the expatriate. The case was singular, because in that country the naturalized foreign citizen is not recognized, unlike England, which doesn't give the subjects of the queen the right to choose another country.

Soares met Pires from time to time. The confidant of the convert manifested his old friendship by offering him a cigar from Havana and telling him of some good fortunes in the campaigns of love, in which he was supposed to be a general.

It had been five months since Major Villela's nephew had been employed, and yet the chiefs of the office hadn't had a single complaint against him. Dedication was worthy of a better cause. Outwardly a monk was seen in Luiz Soares; scratching the surface, one would find the devil.

Well, the devil saw a conquest from afar...

Chapter III

Cousin Adelaide was twenty-four, and her beauty, in the full development of her youth, had the power to make people die of love. She was tall and well-proportioned; had a head shaped in the old type; the forehead was roomy and tall; the eyes were slanted and black; the nose slightly aquiline. Those who gazed upon her for some time felt that she had all the energies, that of passions and that of will.

nariz levemente aquilino. Quem a contemplava durante alguns momentos sentia que ela tinha todas as energias, a das paixões e a da vontade.

Há de lembrar-se o leitor do frio cumprimento trocado entre Adelaide e seu primo; também se há de lembrar que Soares disse ao amigo Pires ter sido amado por sua prima. Ligam-se estas duas coisas. A frieza de Adelaide resultava de uma lembrança que era dolorosa para a moça; Adelaide amara o primo, não com um simples amor de primos, que em geral resulta da convivência e não de uma súbita atração. Amara-o com todo o vigor e calor de sua alma; mas já então o rapaz iniciava os seus passos em outras regiões e ficou indiferente aos afetos da moça. Um amigo que sabia do segredo perguntou-lhe um dia por que razão não se casava com Adelaide, ao que o rapaz respondeu friamente:

– Quem tem a minha fortuna não se casa; mas se se casa é sempre com quem tenha mais. Os bens de Adelaide são a quinta parte dos meus; para ela é negócio da China; para mim é um mau negócio.

O amigo que ouvira esta resposta não deixou de dar uma prova da sua afeição ao rapaz indo contar tudo à moça. O golpe foi tremendo, não tanto pela certeza que lhe dava de não ser amada, como pela circunstância de nem ao menos ficar-lhe o direito de estima. A confissão de Soares era um corpo de delito. O confidente oficioso esperava talvez colher os despojos da derrota; mas Adelaide, tão depressa ouviu a delação como desprezou o delator.

O incidente não passou disto.

Quando Soares voltou à casa do tio, a moça achou-se em dolorosa situação; era obrigada a conviver com um homem ao qual nem podia dar apreço. Pela sua parte, o rapaz também se achava acanhado, não porque lhe doessem as palavras que dissera um dia, mas por causa do tio, que ignorava tudo. Não ignorava; o moço é que o supunha. O major soube da paixão de Adelaide e soube também da repulsa que tivera no coração do rapaz. Talvez não soubesse das palavras textuais repetidas à moça pelo

The reader might remember the cold greeting exchanged between Adelaide and her cousin; you might also remember that Soares told his friend Pires that he'd been loved by his cousin. These two things are connected. Adelaide's coldness was the result of a memory that was painful to the young woman; Adelaide had loved her cousin, not with a simple love of cousins, which usually results from coexistence and not from sudden attraction. She had loved him with all the vigor and warmth of her soul; but even then the young man started his steps into other regions and was indifferent to the young woman's affections. A friend who knew the secret asked him one day why he wouldn't marry Adelaide, and the young man replied coldly:

"Someone who has my fortune doesn't marry; but if you get married, it's always with those who have more. Adelaide's assets are the fifth of mine; for her it is a great deal; for me it's a bad deal."

The friend who had heard this answer didn't fail to give proof of his affection to the young man and went to tell the young woman everything. The blow was tremendous, not so much for the certainty it gave her of not being loved, as for the circumstance of not even being entitled to esteem. Soares's confession was a corpus delicti. The unofficial confidante perhaps hoped to reap the spoils of the defeat; but Adelaide, no sooner had she heard the accusation than she despised the informant.

The incident was nothing more than that.

When Soares returned to his uncle's house, the young woman found herself in a painful situation; she was obliged to get along with a man whom she couldn't even appreciate. For his part, the young man was also shy, not because of the words he had said one day, but because of his uncle, who was unaware of anything. He wasn't ignorant of it; the young man supposed so. The Major knew of Adelaide's passion and he also learned of the repulsion in the young man's heart. Perhaps he didn't know the textual words repeated to the young woman by Soares's

amigo de Soares; mas se não conhecia o texto, conhecia o espírito; sabia que, pelo motivo de ser amado, o rapaz entrara a aborrecer a prima, e que esta, vendo-se repelida, entrara a aborrecer o rapaz. O major supôs até durante algum tempo que a ausência de Soares tinha por motivo a presença da moça em casa.

Adelaide era filha de um irmão do major, homem muito rico e igualmente excêntrico, que morrera havia dez anos deixando a moça entregue aos cuidados do irmão. Como o pai de Adelaide fizera muitas viagens, parece que gastou nelas a maior parte da sua fortuna. Quando morreu apenas coube a Adelaide, filha única, cerca de trinta contos, que o tio conservou intactos para serem o dote da pupila.

Soares houve-se como pôde na singular situação em que se achava. Não conversava com a prima; apenas trocava com ela as palavras estritamente necessárias para não chamar a atenção do tio. A moça fazia o mesmo.

Mas quem pode ter mão ao coração? A prima de Luiz Soares sentiu que pouco a pouco lhe ia renascendo o antigo afeto. Procurou combatê-lo sinceramente; mas não se impede o crescimento de uma planta senão arrancando-lhe as raízes. As raízes existiam ainda. Apesar dos esforços da moça o amor veio pouco a pouco invadindo o lugar do ódio, e se até então o suplício era grande, agora era enorme. Travara-se uma luta entre o orgulho e o amor. A moça sofreu consigo; não articulou uma palavra.

Luiz Soares reparava que quando os seus dedos tocavam os da prima, esta experimentava uma grande emoção: corava e empalidecia. Era um grande navegador aquele rapaz nos mares do amor: conhecia-lhe a calma e a tempestade. Convenceu-se de que a prima o amava outra vez. A descoberta não o alegrou; pelo contrário, foi-lhe motivo de grande irritação. Receava que o tio, descobrindo o sentimento da sobrinha, propusesse o casamento ao rapaz; e recusá-lo não seria comprometer no futuro a esperada herança? A herança sem o casamento era o ideal

friend; but if he didn't know the text, he knew the spirit; he knew that for the sake of being loved, the young man had come to be annoyed by his cousin, and that she, seeing herself repelled, had come to be annoyed by the young man. The Major even assumed for some time that Soares's absence was due to the young woman's presence in the house.

Adelaide was the daughter of one of the Major's brothers, a very wealthy and equally eccentric man who had died ten years before and left the young woman in the care of his brother. Since Adelaide's father had made many trips, it seems that he spent most of his fortune on them. When he died, Adelaide, his only daughter, had about thirty contos, which her uncle kept intact to be the dowry of the pupil.

Soares did what he could in the singular situation he was in. He didn't talk to his cousin, only exchanged the strictly necessary words with her not to catch the attention of her uncle. The young woman did the same.

But who can have a hand on the heart? Luiz Soares's cousin felt that little by little her old affection was reborn. He tried to fight it honestly; but one cannot impede the growth of a plant except by tearing out its roots. The roots still existed. In spite of her efforts, love gradually came to invade the place of hatred, and if until then the torment was great, now it was enormous. There had been a struggle between pride and love. The young woman suffered within herself, didn't articulate a word.

Luiz Soares noticed that when his fingers touched those of his cousin, she felt a great emotion: she blushed and became pale. The young man was a great navigator in the seas of love: he knew the calm and the storm. He convinced himself that his cousin loved him again. The discovery didn't cheer him up; on the contrary, it caused him great irritation. He feared that his uncle, finding out the feeling of his niece, would propose the marriage to the young man, and wouldn't refusing be to compromise the expected inheritance in the future? Inheritance

do moço. "Dar-me asas, pensava ele, atando-me os pés, é o mesmo que condenar-me à prisão. É o destino do papagaio doméstico; não aspiro a tê-lo."

Realizaram-se as previsões do rapaz. O major descobriu a causa da tristeza da moça e resolveu pôr termo àquela situação propondo ao sobrinho o casamento.

Soares não podia recusar abertamente sem comprometer o edifício da sua fortuna.

— Este casamento, disse-lhe o tio, é complemento da minha felicidade. De um só lance reúno duas pessoas que tanto estimo, e morro tranquilo sem levar nenhum pesar para outro mundo. Estou que aceitarás.

— Aceito, meu tio; mas observo que o casamento assenta no amor, e eu não amo minha prima.

— Bem; hás de amá-la; casa-te primeiro...

— Não desejo expô-la a uma desilusão.

— Qual desilusão! Disse o major sorrindo. Gosto de ouvir-te falar essa linguagem poética, mas casamento não é poesia. É verdade que é bom que duas pessoas antes de se casarem se tenham já alguma estima mútua. Isso creio que tens. Lá fogos ardentes, meu rico sobrinho, são coisas que ficam bem em verso, e mesmo em prosa; mas na vida, que não é prosa nem verso, o casamento apenas exige certa conformidade de gênio, de educação e de estima.

— Meu tio sabe que eu não me recuso a uma ordem sua.

— Ordem, não! Não te ordeno, proponho. Dizes que não amas tua prima; pois bem, faze por isso, e daqui a algum tempo casem-se que me darão gosto. O que eu quero é que seja cedo, porque não estou longe de dar à casca.

O rapaz disse que sim. Adiou a dificuldade não podendo resolvê-la. O major ficou satisfeito com o arranjo e consolou a sobrinha com a

without marriage was the young man's ideal. "To give myself wings," he thought, "tying my feet is like condemning me to prison. It's the fate of the domestic parrot; I don't aspire to have it."

The young man's predictions were realized. The Major discovered the cause of the young woman's sadness and resolved to put an end to this situation by proposing the marriage to his nephew.

Soares couldn't openly refuse without compromising the building of his fortune.

"This marriage," said his uncle, "complements my happiness. In one go I unite two people that I esteem, and I die in peace without taking any regrets to another world. I expect you'll accept it."

"I accept, my uncle; but I observe that marriage is based on love, and I don't love my cousin."

"Well; you shall love her; first you get married..."

"I don't wish to hold her up to disillusionment."

"What disillusionment!" said the Major, smiling. "I like to hear you speaking that poetic language, but marriage isn't poetry. It's true that it's good that two people should already have some mutual esteem before marriage. That I think you do. For ardent fires, my dear nephew, are things that look good in verse, and even in prose; but in life, which is neither prose nor verse, marriage only requires certain conformity of genius, education, and esteem.

"My uncle knows I don't refuse an order of yours."

"Order, no! I don't command you; I propose. You say you don't love your cousin; well then, try to, and after some time get married and that will give me pleasure. What I want is for it to be soon, because I'm not far from kicking the bucket."

The young man said yes. He put off the difficulty as he couldn't solve it. The Major was pleased with the arrangement and comforted the niece with the promise that she could marry the cousin one day. It was

promessa de que podia casar-se um dia com o primo. Era a primeira vez que o velho tocava em semelhante assunto, e Adelaide não dissimulou o seu espanto, espanto que lisonjeou profundamente a perspicácia do major.

— Ah! Tu pensas, disse ele, que eu por ser velho já perdi os olhos do coração? Vejo tudo, Adelaide; vejo aquilo mesmo que se quer esconder.

A moça não pôde reter algumas lágrimas, e como o velho a consolasse dando-lhe esperanças, ela respondeu abanando a cabeça:

— Esperanças, nenhuma!

— Descansa em mim! Disse o major.

Conquanto a dedicação do tio fosse toda espontânea e filha do amor que votava à sobrinha, esta compreendeu que semelhante intervenção podia fazer supor ao primo que ela esmolava os afetos do seu coração.

Aqui falou o orgulho da mulher, que preferia o sofrimento à humilhação. Quando ela expôs estas objeções ao tio, o major sorriu-se afavelmente e procurou acalmar a susceptibilidade da moça.

Passaram-se alguns dias sem mais incidente; o rapaz estava no gozo da dilação que lhe dera o tio. Adelaide readquiriu o seu ar frio e indiferente. Soares compreendia o motivo, e àquela manifestação do orgulho respondia com um sorriso. Duas vezes notou Adelaide essa expressão de desdém da parte do primo. Que mais precisava para reconhecer que o rapaz sentia por ela a mesma indiferença de outro tempo? Acrescia que sempre que os dois se encontravam sós, Soares era o primeiro que se afastava dela. Era o mesmo homem.

"Não me ama, não me amará nunca!" dizia a moça consigo.

Capítulo IV

the first time the old man had touched on such a subject, and Adelaide didn't disguise her astonishment, an astonishment that deeply flattered the Major's insight.

"Ah! Do you think," he said, "that I, because I'm old, have lost my heart's eyes? I see everything, Adelaide; I see what you want to hide."

The young woman couldn't hold back a few tears, and as the old man comforted her and gave her hope, she replied, shaking her head:

"Hopes, none!"

"Leave it with me!" said the Major.

Although her uncle's dedication was all spontaneous and the daughter of the love he devoted to his niece, she understood that such an intervention might make her cousin suppose that she was begging for his heart's affections.

Here spoke the pride of the woman, who preferred suffering to humiliation. When she put these objections to her uncle, the Major smiled fondly and tried to calm the young woman's susceptibility.

A few days passed without further incident; the young man was in the joy of the delay his uncle had given him. Adelaide regained her cool, indifferent air. Soares understood the motive, and to that expression of pride he replied with a smile. Twice Adelaide noticed this expression of disdain on her cousin's part. What else did she need to recognize that the young man felt the same indifference from previous time toward her? In addition, whenever the two were alone, Soares was the first to distance himself from her. He was the same man.

"He doesn't love me, he'll never love me!" she would say to herself.

Um dia de manhã o major Villela recebeu a seguinte carta:

Meu valente major.

Cheguei da Bahia hoje mesmo, e lá irei de tarde para ver-te e abraçar-te.

Prepara um jantar. Creio que me não hás de receber como qualquer indivíduo. Não esqueças o vatapá.

Teu amigo, Anselmo.

– Bravo! Disse o major. Temos cá o Anselmo; prima Antônia, mande fazer um bom vatapá.

O Anselmo que chegara da Bahia chamava-se Anselmo Barroso de Vasconcellos. Era um fazendeiro rico, e veterano da independência. Com os seus setenta e oito anos ainda se mostrava rijo e capaz de grandes feitos. Tinha sido íntimo amigo do pai de Adelaide, que o apresentou ao major, vindo a ficar amigo deste depois que o outro morrera. Anselmo acompanhou o amigo até os seus últimos instantes; e chorou a perda como se fora seu próprio irmão. As lágrimas cimentaram a amizade entre ele e o major.

De tarde apareceu Anselmo galhofeiro e vivo como se começasse para ele uma nova mocidade. Abraçou a todos; deu um beijo em Adelaide, a quem felicitou pelo desenvolvimento das suas graças.

– Não se ria de mim, disse-lhe ele, eu fui o maior amigo de seu pai. Pobre amigo! Morreu nos meus braços.

Soares, que sofria com a monotonia da vida que levava em casa do tio, alegrou-se com a presença do galhofeiro ancião, que era um verdadeiro fogo de artifício. Anselmo é que pareceu não simpatizar com o sobrinho do major. Quando o major ouviu isto, disse:

– Sinto muito, porque Soares é um rapaz sério.

– Creio que é sério demais. Rapaz que não ri...

Não sei que incidente interrompeu a frase do fazendeiro.

Chapter IV

One morning Major Villela received the following letter:

> *My brave Major.*
>
> *I arrived from Bahia today, and I'll go there in the afternoon to see you and give you a hug.*
>
> *Make a supper. I believe that you won't receive me like any individual. Don't forget the* vatapá.[10]
>
> *Your friend, Anselmo.*[11]

"Bravo!" said the Major. "We have Anselmo here; cousin Antônia, have a good *vatapá* made."

The Anselmo who had arrived from Bahia was called Anselmo Barroso de Vasconcellos. He was a wealthy farmer, and an independence veteran. At the age of seventy-eight he was still vigorous and capable of great deeds. He had been an intimate friend of Adelaide's father, who had introduced him to the Major, having become friends with him after the other had died. Anselmo accompanied his friend until his last moments and wept the loss as if he were his own brother. The tears cemented the friendship between him and the Major.

In the afternoon Anselmo appeared playful and lively as if he had begun a new youth. He hugged them all; he kissed Adelaide, whom he congratulated for the development of her beauty.

"Don't laugh at me," he said, "I was your father's closest friend. Poor friend! He died in my arms."

Soares, who suffered from the monotony of the life he led at his uncle's house, rejoiced with the presence of the old jester who was a real fireworks display. Anselmo didn't seem to sympathize with the Major's nephew. When the Major heard this, he said:

"I'm sorry, because Soares is a serious young man."

Depois do jantar Anselmo disse ao major:

– Quantos são amanhã?

– Quinze.

– De que mês?

– É boa! De dezembro.

– Bem; amanhã 15 de dezembro preciso ter uma conferência contigo e os teus parentes. Se o vapor se demora um dia em caminho pregava-me uma boa peça.

No dia seguinte verificou-se a conferência pedida por Anselmo. Estavam presentes o major, Soares, Adelaide e D. Antônia, únicos parentes do finado.

– Fazem hoje dez anos que faleceu o pai desta menina, disse Anselmo apontando para Adelaide. Como sabem, o Dr. Bento Varella foi o meu melhor amigo, e eu tenho consciência de haver correspondido à sua afeição até aos últimos instantes. Sabem que ele era um gênio excêntrico; toda a sua vida foi uma grande originalidade. Ideava vinte projetos, qual mais grancioso, qual mais impossível, sem chegar ao cabo de nenhum, porque o seu espírito criador tão depressa compunha uma coisa como entrava a planear outra.

– É verdade, interrompeu o major.

– O Bento morreu nos meus braços, e como derradeira prova da sua amizade confiou-me um papel com a declaração de que eu só o abrisse em presença dos seus parentes dez anos depois de sua morte. No caso de eu morrer os meus herdeiros assumiriam essa obrigação; em falta deles, o major, a Sra. D. Adelaide, enfim qualquer pessoa que por laço de sangue estivesse ligada a ele. Enfim, se ninguém houvesse na classe mencionada, ficava incumbido um tabelião. Tudo isto havia eu declarado em testamento, que vou reformar. O papel a que me refiro, tenho aqui no bolso.

"I think he's too serious. A young man who doesn't laugh…"

I don't know what incident interrupted the farmer's sentence.

After dinner Anselmo said to the Major:

"What's it tomorrow?"

"The fifteenth."

"Of what month?"

"Good one! Of December."

"Well, tomorrow, the 15 of December, I must have a conference with you and your relatives. If the steamship was delayed one day on the way I would have played a good trick on me."

The next day the conference was called by Anselmo. The Major, Soares, Adelaide, and Dona Antônia, the only relatives of the deceased, were present.

"Today has been ten years since the father of this girl died," said Anselmo, pointing to Adelaide. "As you know, Dr. Bento Varella was my best friend, and I'm aware that I corresponded with his affection until the last moments. You know he was an eccentric genius; his whole life was a great originality. He thought of twenty projects, as grandiose, as impossible, without reaching the end of any; because his creative spirit so quickly composed one thing as he went on to plan another."

"That's true," interrupted the Major.

"Bento died in my arms, and as a last proof of his friendship he entrusted me with the statement that I should open it only in the presence of his relatives ten years after his death. In case I died my heirs would take on this obligation; in the lack of them, the Major, Mrs. Dona Adelaide, ultimately anyone who was bound to him by blood. Anyway, if there was nobody in the mentioned class, a notary would be assigned. All this I had declared in testament, which I will amend. The paper I'm referring to, I have in my pocket."

There was a bustle of curiosity.

Houve um movimento de curiosidade.

Anselmo tirou do bolso uma carta fechada com lacre preto.

– É este, disse ele. Está intato. Não conheço o texto; mas posso mais ou menos saber o que está dentro por circunstâncias que vou referir.

Redobrou a atenção geral.

– Antes de morrer, continuou Anselmo, o meu querido amigo entregou-me uma parte da sua fortuna, quero dizer a maior parte, porque a menina recebeu apenas trinta contos. Eu recebi dele trezentos contos, que guardei até hoje intatos, e que devo restituir segundo as indicações desta carta.

A um movimento de espanto em todos seguiu-se um movimento de ansiedade. Qual seria a vontade misteriosa do pai de Adelaide? D. Antônia lembrou-se que em rapariga fora namorada do defunto, e por um momento lisonjeou-se com a ideia de que o velho maníaco se houvesse lembrado dela às portas da morte.

– Nisto reconheço eu o mano Bento, disse o major tomando uma pitada; era o homem dos mistérios, das surpresas e das ideias extravagantes, seja dito sem agravo aos seus pecados, se é que os teve...

Anselmo tinha aberto a carta. Todos prestaram ouvidos. O veterano leu o seguinte:

Meu bom e estimadíssimo Anselmo.

Quero que me prestes o último favor. Tens contigo a maior parte da minha fortuna, e eu diria a melhor se tivesse de aludir à minha querida filha Adelaide. Guarda esses trezentos contos até daqui a dez anos, e ao terminar o prazo, lê esta carta diante dos meus parentes. Se nessa época a minha filha Adelaide for viva e casada entrega-lhe a fortuna. Se não estiver casada, entrega-lha também, mas com uma condição: é que se case com o sobrinho Luiz Soares, filho de minha irmã Luiza; quero-lhe muito, e apesar de ser rico, desejo que entre na

Anselmo took from his pocket a letter shut with black seal.

"This is it," he said. "It's intact. I don't know the text; but I can more or less know what's inside by circumstances I'm going to refer to."

The general attention redoubled.

"Before dying," continued Anselmo, "my dear friend handed over to me a share of his fortune; I mean most of it, because the girl received only thirty *contos*." I have received from him three hundred *contos*, which I have kept intact to this day, and which I must restore according to the instructions of this letter."

A bustle of astonishment was followed by a bustle of anxiety in all. What would the mysterious will of Adelaide's father be? Dona Antônia remembered that as a young woman she had been a girlfriend of the deceased, and for a moment she flattered herself with the idea that the old maniac had remembered her at the gates of death.

"On this I acknowledge my brother Bento," said the Major taking a puff. "He was the man of mysteries, surprises, and extravagant ideas, if it may be said of his sins, if he had them, without offense..."

Anselmo had opened the letter. They all listened. The veteran read the following:

My good and dearest Anselmo.

I want you to do me the ultimate favor. You have most of my fortune with you, and I would say the best if I had to allude to my dear daughter Adelaide. Save these three hundred contos *for ten years from now, and at the end of that term, read this letter before my relatives.*

If at that time my daughter Adelaide is alive and married, give her the fortune. If she is not married, also give it to her, but on one condition: that she marry my nephew Luiz Soares, my sister Luiza's son; I esteem him very much, and although he's rich, I wish that he

posse da fortuna com minha filha. No caso em que esta se recuse a esta condição, fica tu com a fortuna toda.

Quando Anselmo acabou de ler esta carta seguiu-se um silêncio de surpresa geral, de que partilhava o próprio veterano, alheio até então ao conteúdo da carta.

Soares tinha os olhos em Adelaide; esta tinha-os no chão.

Como o silêncio se prolongasse, Anselmo resolveu rompê-lo.

– Ignorava, como todos, disse ele, o que esta carta contém; felizmente chega ela a tempo de se realizar a última vontade do meu finado amigo.

– Sem dúvida nenhuma, disse o major.

Ouvindo isto, a moça levantou insensivelmente os olhos para o primo, e os dela encontraram-se com os dele. Os dele transbordavam de contentamento e ternura; a moça fitou-os durante alguns instantes. Um sorriso, já não zombeteiro, passou pelos lábios do rapaz. A moça sorriu também; mas que sorriso! Jamais uma rainha sorriu com tamanho desdém às zumbaias de um cortesão.

Anselmo levantou-se.

– Agora que estão cientes, disse ele aos dois primos, espero que resolvam, e como o resultado não pode ser duvidoso, desde já os felicito. Entretanto, hão de dar-me licença, que tenho de ir a outras partes.

Com a saída de Anselmo dispersara-se a reunião. Adelaide foi para o seu quarto com a velha parenta. O tio e o sobrinho ficaram na sala.

– Luiz, disse o primeiro, és o homem mais feliz do mundo.

– Parece-lhe, meu tio? Disse o moço procurando disfarçar a sua alegria.

– És. Tens uma moça que te ama loucamente. De repente cai-lhe nas mãos uma fortuna inesperada; e essa fortuna só pode havê-la com a condição de se casar contigo. Até os mortos trabalham a teu favor.

be included in the possession of the fortune with my daughter. In the event that she refuses to this condition, you keep the whole fortune.

When Anselmo finished reading this letter, there was a silence of general surprise, shared by the veteran himself, until then oblivious to the contents of the letter.

Soares had his eyes on Adelaide; she had her eyes on the floor.

As the silence continued, Anselmo decided to break it.

"I was unaware, as everyone," he said, "of what this letter contains; fortunately it arrives in time to realize the last will of my late friend."

"No doubt about it," said the Major.

Hearing this, the young woman callously raised her eyes to her cousin, and hers met his. His were overflowing with contentment and tenderness; the young woman looked at them for a moment. A smile, no longer mocking, came to the young man's lips. The young woman smiled; but what a smile! A queen had never smiled with such disdain at the groveling of a courtier.

Anselmo rose.

"Now that you are aware," he said to the two cousins, "I hope you'll get things sorted out, and since the result cannot be doubtful, I congratulate you already. However, you must excuse me, I have to go elsewhere."

With Anselmo's departure the meeting was dispersed. Adelaide went to her room with the old female relative. The uncle and the nephew stayed in the living room.

"Luiz," said the former, "you are the happiest man in the world."

"Does it look like to you, my uncle?" said the young man, seeking to disguise his joy.

"You are. You have a young woman who loves you madly. Suddenly an unexpected fortune falls into your hands; and this fortune she can

— Afirmo-lhe, meu tio, que a fortuna não pesa nada nestes casos, e se eu assentar em casar com a prima será por outro motivo.

— Bem sei que a riqueza não é essencial; não é. Mas enfim vale alguma coisa. É melhor ter trezentos contos que trinta; sempre é mais uma cifra. Contudo não te aconselho que te cases com ela se não tiveres alguma afeição. Nota que eu não me refiro a essas paixões de que me falaste. Casar mal, apesar da riqueza, é sempre casar mal.

— Estou convencido disto, meu tio. Por isso ainda não dei a minha resposta, nem dou por ora. Se eu vier a afeiçoar-me à prima estou pronto a entrar na posse dessa inesperada riqueza.

Como o leitor terá adivinhado, a resolução do casamento estava assentada no espírito de Soares. Em vez de esperar a morte do tio, parecia-lhe melhor entrar desde logo na posse de um excelente pecúlio, o que se lhe afigurava tanto mais fácil, quanto que era a voz do túmulo que o impunha.

Soares contava também com a profunda veneração de Adelaide por seu pai. Isto, ligado ao amor que a rapariga sentia por ele, devia produzir o desejado efeito.

Nessa noite o rapaz dormiu pouco. Sonhou com o Oriente. Pintou-lhe a imaginação um harém recendente das melhores essências da Arábia, forrado o chão com tapetes da Pérsia; sobre moles divãs ostentavam-se as mais perfeitas belezas do mundo. Uma circassiana dançava no meio do salão ao som de um pandeiro de marfim. Mas um furioso eunuco, precipitando-se na sala com o iatagã desembainhado, enterrou-o todo no peito de Soares, que acordou com o pesadelo, e não pôde mais conciliar o sono.

Levantou-se mais cedo e foi passear até chegar a hora do almoço e da repartição.

only have on the condition of marrying you. Even the dead work to your advantage."

"I assure you, my uncle, that the fortune weighs nothing in these cases, and if I settle for marrying my cousin, it will be for another reason."

"I know quite well that wealth isn't essential; it's not. But it's worth something after all. It's better to have three hundred *contos* than thirty; it's always one more zero. However, I don't advise you to marry her if you don't have some affection. Note that I don't mean those passions that you told me about. A bad marriage, despite wealth, is always a bad marriage."

"I'm convinced of it, my uncle. That's why I haven't yet given my answer, nor do I give it for the moment. If I come to love my cousin, I'm ready to enter into this unexpected wealth."

As the reader will have guessed, the resolution for the marriage was settled in Soares's spirit. Instead of waiting for his uncle's death, it seemed better for him to enter into possession of an excellent nest egg, which seemed to him all the easier, as it was the voice from the grave that imposed it.

Soares also counted on Adelaide's deep veneration for her father. This in connection with the love that the young woman felt for him should produce the desired effect.

That night the young man slept little. He dreamed of the Orient. His imagination painted a harem fragrant of the finest essences of Arabia, the floor lined with Persian rugs; on soft divans flaunted the most perfect beauties of the world. A Circassian danced in the middle of the hall to the sound of an ivory tambourine. But a furious eunuch, hurrying into the room with his yataghan unsheathed, buried it all in Soares's chest, who awoke with the nightmare and could no longer sleep.

Capítulo V

O plano de Luiz Soares estava feito.

Tratava-se de abater as armas pouco a pouco, simulando-se vencido diante da influência de Adelaide. A circunstância da riqueza tornava necessária toda a discrição. A transição devia ser lenta. Cumpria ser diplomata.

Os leitores terão visto que, apesar de certa argúcia da parte de Soares, não tinha ele a perfeita compreensão das coisas, e por outro lado o seu caráter era indeciso e vário.

Hesitara em casar com Adelaide quando o tio lhe falou nisso, quando era certo que viria a obter mais tarde a fortuna do major. Dizia então que não tinha vocação de papagaio. A situação agora era a mesma; aceitava uma fortuna mediante uma prisão. É verdade que se esta resolução era contrária à primeira, podia ter por causa o cansaço que lhe ia produzindo a vida que levava. Além de que, desta vez, a riqueza não se fazia esperar; era entregue logo depois do consórcio.

"Trezentos contos, pensava o rapaz, é quanto basta para eu ser mais do que fui. O que não hão de dizer os outros!"

Antevendo uma felicidade que era certa para ele, Soares começou o assédio da praça, aliás praça rendida.

Já o rapaz procurava os olhos da prima, já os encontrava, já lhes pedia aquilo que recusara até então, o amor da moça. Quando, à mesa, as suas mãos se encontravam, Soares tinha o cuidado de demorar o contacto, e se a moça retirava a sua mão, o rapaz nem por isso desanimava. Quando se encontrava a sós com ela, não fugia como outrora, antes lhe dirigia alguma palavra, a que Adelaide respondia com fria polidez.

"Quer vender o peixe caro", pensava Soares.

He got up earlier and went for a stroll until it was time for lunch and work.

Chapter V

Luiz Soares's plan was made.

It was a matter of surrender little by little, pretending to be defeated by Adelaide's influence. The circumstance of the wealth made utmost discretion necessary. The transition should be slow. He had to be a diplomat.

The readers will have seen that, despite some cleverness on Soares's part, he had no perfect understanding of things, and on the other hand his character was indecisive and restless.

He had hesitated to marry Adelaide when his uncle talked to him about it, when it was certain that he would later obtain the Major's fortune. He said then that he had no vocation to be a parrot. The situation was now the same; to accept a fortune by imprisonment. It's true that if this resolution was contrary to the first, it could have been due to the fatigue the life he was leading produced in him. Besides, this time, wealth wasn't going to wait; it was delivered shortly after the consortium.

"Three hundred *contos*," thought the young man, "that's enough for me to be more than I was. What won't the others say!"

Foreseeing a happiness that was right for him, Soares began the siege of the fortress, in fact, a surrendered fortress.

Now the young man looked for the eyes of his cousin, now he found them, now he asked them what he had refused until then, the young woman's love. When, at the table, their hands met, Soares was careful to delay the contact, and even if the young woman pulled away her hand, the young man wasn't discouraged. When he was alone with her, he didn't run away as he used to, but rather addressed her with a word, which Adelaide answered with cool politeness.

Uma vez atreveu-se a mais. Adelaide tocava piano quando ele entrou sem que ela o visse. Quando a moça acabou, Soares estava por trás dela.

-- Que lindo! Disse o rapaz; deixe-me beijar-lhe essas mãos inspiradas.

A moça olhou séria para ele, pegou no lenço que pusera sobre o piano, e saiu sem dizer palavra.

Esta cena mostrou a Soares toda a dificuldade da empresa; mas o rapaz confiava em si, não porque se reconhecesse capaz de grandes energias, mas por espécie de esperança na sua boa estrela.

– É difícil subir a corrente, disse ele, mas sobe-se. Não se fazem Alexandres na conquista de praças desarmadas.

Contudo, as desilusões iam-se sucedendo, e o rapaz, se o não alentasse a ideia da riqueza, teria abatido as armas.

Um dia lembrou-se de escrever-lhe uma carta. Lembrou-se de que era difícil expor-lhe de viva voz tudo quanto sentia; mas que uma carta, por muito ódio que ela lhe tivesse, sempre seria lida.

Adelaide devolveu a carta pelo moleque da casa que lha havia entregue.

A segunda carta teve a mesma sorte. Quando mandou a terceira, o moleque não a quis receber.

Luiz Soares teve um instante de desengano. Indiferente à moça, já começava a odiá-la; se casasse com ela era provável que a tratasse como inimigo mortal.

A situação tornava-se ridícula para ele; ou antes, já o era há muito, mas Soares só então o compreendeu. Para escapar ao ridículo, resolveu dar um golpe final, mas grande. Aproveitou a primeira ocasião que pôde, e fez uma declaração positiva à moça, cheia de súplicas, de suspiros, talvez de lágrimas. Confessou os seus erros; reconheceu que não a havia

"She wants to sell herself well," thought Soares.

Once he dared more. Adelaide was playing the piano when he came in without her seeing him. When the young woman was finished, Soares was behind her.

"How beautiful!" said the young man; "let me kiss your inspired hands."

The young woman gave him a stern look, took the handkerchief she had put on the piano, and left without a word.

This scene showed Soares all the difficulty of the enterprise; but the young man trusted himself, not because he recognized himself as capable of great efforts, but for some kind of hope in his good star.

"It's difficult to go against the current," he said, "but one goes up. No Alexanders are made in the conquest of unarmed fortresses."

However, the disillusionments were recurring, and the young man, if he hadn't been encouraged by the idea of the wealth, would have surrendered.

One day he remembered to write her a letter. He remembered that it was difficult to tell her what he felt in person; but that a letter, no matter how much hatred she had, would always be read.

Adelaide returned the letter through the errand boy of the house, who had given it to her.

The second letter had the same luck. When he sent the third, the errand boy didn't want to take it.

Luiz Soares had a moment of disillusionment. Indifferent to the young woman, he was already beginning to hate her; if he married her, he was likely to treat her as a mortal enemy.

The situation was ridiculous for him; or beforehand, it has already been for a long time, but Soares only then understood it. To escape ridicule, he decided to deliver a final, grand, coup de grâce. He took the first opportunity he could, and made a positive statement to the

compreendido; mas arrependera-se e confessava tudo. A influência dela acabara por abatê-lo.

— Abatê-lo! Disse ela; não compreendo. A que influência alude?

— Bem sabe; à influência da sua beleza, do seu amor... Não suponha que lhe estou mentindo. Sinto-me hoje tão apaixonado que era capaz de cometer um crime!

— Um crime?

— Não é crime o suicídio? De que me serviria a vida sem o seu amor? Vamos, fale!

A moça olhou para ele durante alguns instantes sem dizer palavra.

O rapaz ajoelhou-se.

— Ou seja a morte, ou seja a felicidade, disse ele, quero recebê-la de joelhos.

Adelaide sorriu e soltou lentamente estas palavras:

— Trezentos contos! É muito dinheiro para comprar um miserável.

E deu-lhe as costas.

Soares ficou petrificado. Durante alguns minutos conservou-se na mesma posição, com os olhos fitos na moça que se afastava lentamente. O rapaz dobrava-se ao peso da humilhação. Não previra tão cruel desforra da parte de Adelaide. Nem uma palavra de ódio, nem um indício de raiva; apenas um calmo desdém, um desprezo tranquilo e soberano. Soares sofrera muito quando perdeu a fortuna; mas agora que o seu orgulho foi humilhado, a sua dor foi infinitamente maior.

Pobre rapaz!

A moça foi para dentro. Parece que contava com aquela cena; porque entrando em casa, foi logo procurar o tio, e declarou-lhe que, apesar de quanto venerava a memória do pai, não podia obedecer-lhe, e desistia do casamento.

— Mas não o amas tu? perguntou-lhe o major.

young woman, full of supplications, sighs, perhaps tears. He confessed his mistakes; he acknowledged that he hadn't understood her; but he repented and confessed everything. Her influence had finally knocked him down.

"Knock you down!" she said; "I don't understand. What influence do you allude to?"

"You know, to the influence of your beauty, of your love... Don't suppose that I'm lying to you. I'm so in love today that I was capable of committing a crime!"

"A crime?"

"Isn't suicide a crime? What use would life make without your love? Come on, speak!"

The young woman looked at him for a moment without saying a word.

The young man knelt down.

"Be it death, be it happiness," he said, "I want to submit to you on my knees."

Adelaide smiled and slowly let out these words:

"Three hundred *contos*! It's too much money to buy a wretch."

And she turned her back to him.

Soares was petrified. For a few minutes he remained in the same position, his eyes fixed on the young woman who was slowly moving away. The young man bowed to the weight of humiliation. He hadn't foreseen such cruel revenge on Adelaide's part. Not a word of hatred, nor a hint of anger; only a calm disdain, a quiet and sovereign scorn. Soares had suffered greatly when he lost his fortune; but now that his pride was humbled, his pain was infinitely greater.

Poor young man!

The young woman went inside. It seems that she counted on that scene; for when she went into the house, she immediately went looking

— Amei-o.

— Amas a outro?

— Não.

— Então explica-te.

Adelaide expôs francamente o procedimento de Soares desde que ali entrara, a mudança que fizera, a sua ambição, a cena do jardim. O major ouviu atentamente a moça, procurou desculpar o sobrinho, mas no fundo ele acreditava que Soares era um mau caráter.

Este, depois que pôde refrear a sua cólera, entrou em casa e foi despedir-se do tio até o dia seguinte.

Pretextou que tinha um negócio urgente.

Capítulo VI

Adelaide contou miudamente ao amigo de seu pai os sucessos que a obrigavam a não preencher a condição da carta póstuma confiada a Anselmo. Em consequência desta recusa, a fortuna devia ficar com Anselmo; a moça contentava-se com o que tinha.

Não se deu Anselmo por vencido, e antes de aceitar a recusa foi ver se sondava o espírito de Luiz Soares.

Quando o sobrinho do major viu entrar por casa o fazendeiro suspeitou que alguma coisa houvesse a respeito do casamento. Anselmo era perspicaz; de modo que, apesar da aparência de vítima com que Soares lhe aparecera, compreendeu ele que Adelaide tinha razão.

Assim pois tudo estava acabado. Anselmo dispôs-se a partir para a Bahia, e assim o declarou à família do major.

Nas vésperas de partir achavam-se todos juntos na sala de visitas, quando Anselmo soltou estas palavras:

— Major, está ficando melhor e forte; eu creio que uma viagem à Europa lhe fará bem. Esta moça também gostará de ver a Europa, e creio

for her uncle, and declared to him that, although she venerated her father's memory, she couldn't obey him, and was forsaking the marriage.

"But don't you love him?" asked the Major.

"I loved him."

"Do you love someone else?"

"No."

"Then explain yourself."

Adelaide opened up about Soares's conduct since he had come to the house, the change he had made, his ambition, the garden scene. The Major listened intently to the young woman; he tried to apologize for his nephew, but deep down he believed that Soares was a knave.

The latter, when he was able to restrain his wrath, entered the house and went to say goodbye to his uncle until the next day.

He pretended he had an urgent business.

Chapter VI

Adelaide told her father's friend minutely of the events that had forced her not to fulfill the posthumous letter entrusted to Anselmo. As a result of this refusal, the fortune was to remain with Anselmo; the young woman was content with what she had.

Anselmo didn't give up, and before accepting the refusal, he went to see if he could investigate Luiz Soares's spirit.

When the Major's nephew saw the farmer entering the house, he suspected it was something to do with the marriage. Anselm was perceptive; so that, despite the victim's appearance with which Soares had appeared to him, he understood that Adelaide was right.

So it was over. Anselmo set himself to leaving for Bahia, and so he declared to the Major's family.

On the eve of leaving, they were all together in the living room, when Anselmo uttered these words:

que a Sra. D. Antônia, apesar da idade, lá quererá ir. Pela minha parte sacrifico a Bahia e vou também. Aprovam o conselho?

— Homem, disse o major, é preciso pensar...

— Qual pensar! Se pensarem não embarcarão. Que diz a menina?

— Eu obedeço ao tio, respondeu Adelaide.

— Além de que, disse Anselmo, agora que D. Adelaide está de posse de uma grande fortuna, há de querer apreciar o que há de bonito nos países estrangeiros a fim de poder melhor avaliar o que há no nosso...

— Sim, disse o major; mas você fala de grande fortuna...

— Trezentos contos.

— São seus.

— Meus! Então sou algum ratoneiro? Que me importa a mim a fantasia de um generoso amigo? O dinheiro é desta menina, sua legítima herdeira, e não meu, que aliás tenho bastante.

— Isso é bonito, Anselmo!

— Mas o que não seria se não fosse isto?

A viagem à Europa ficou assentada.

Luiz Soares ouviu a conversa toda sem dizer palavra; mas a ideia de que talvez pudesse ir com o tio sorriu-lhe ao espírito. No dia seguinte teve um desengano cruel. Disse-lhe o major que, antes de partir, o deixaria recomendado ao ministro.

Soares procurou ainda ver se alcançava seguir com a família. Era simples cobiça na fortuna do tio, desejo de ver novas terras, ou impulso de vingança contra a prima? Era tudo isso, talvez.

À última hora foi-se a derradeira esperança. A família partiu sem ele.

"Major, you're getting better and stronger; I think a trip to Europe will do you good. This young woman will also like to see Europe, and I believe that Mrs. Dona Antônia, despite her age, will want to go there. For my part, I will sacrifice Bahia and go, too. Do you approve the advice?"

"Man," said the Major, "I need to think..."

"Think about what! If you think, you won't get on board. What does the girl say?"

"I obey my uncle," said Adelaide.

"Besides that," said Anselmo, "now that Miss Adelaide is in possession of a great fortune, she might want to appreciate what is beautiful in foreign countries so that she may better evaluate what's in ours..."

"Yes," said the Major; but you speak of great fortune..."

"Three hundred *contos*."

"They're yours."

"Mine! So am I some kind of swindler? What do I care about the fantasy of a generous friend? The money, of which I have enough, belongs to this girl, his legitimate heir, not to me."

"That's beautiful, Anselmo!"

"But what would it be if it weren't for this?"

The trip to Europe was settled.

Luiz Soares heard the whole conversation without saying a word; but the idea that he might go with his uncle smiled at his spirit. The next day he had a cruel disillusion. The Major told him that before leaving he would recommend him to the Minister.

Soares tried to see if he was still able to go with the family. Was it simple covetousness in his uncle's fortune, a desire to see new lands, or an impulse of revenge against his cousin? It was all that, maybe.

Abandonado, pobre, tendo por única perspectiva o trabalho diário, sem esperanças no futuro, e além do mais, humilhado e ferido em seu amor-próprio, Soares tomou a triste resolução dos covardes.

Um dia de noite o criado ouviu no quarto dele um tiro; correu, achou um cadáver.

Pires soube na rua da notícia, e correu à casa de Vitória, que encontrou no toucador.

— Sabes de uma coisa? Perguntou ele.

— Não. Que é?

— O Soares matou-se.

— Quando?

— Neste momento.

— Coitado! É sério?

— É sério. Vais sair?

— Vou ao Alcazar.

— Canta-se hoje Barbe-Bleue, não é?

— É.

— Pois eu também vou.

E entrou a cantarolar a canção de Barbe-Bleue.

Luiz Soares não teve outra oração fúnebre dos seus amigos mais íntimos.

At the last hour the last hope came to an end. The family left without him.

A b andoned, poor, having only day-to-day work, no hope in the f u ture, and, moreover, humiliated and wounded in his self-esteem, Soares took the sad resolution of cowards.

One night the servant heard a shot in his room, ran, and found a corpse.

Pires heard the news in the street and ran to Victoria's house, who he found at her dressing table.

"Do you know what?" He asked.

"No. What is it?"

"Soares killed himself."

"When?"

"Right now."

"Poor thing! Really?"

"Really. Are you going out?"

"I'm going to Alcazar."

"*Barbe Bleue* is playing today, isn't it?"

"Yes."

"So I'm also going."

And he started humming the *Barbe Bleue* song.[12]

Luiz Soares had no other funeral prayer from his closest friends.

Original Publication: Signed "J. J.", in *Jornal das Famílias* (January 1869, #1, p.5-24).

Notes

¹ In Greek mythology, Danaids or Danaides are the fifty Daughters of Danaus, and they were to marry the fifty sons of his twin brother, Aegyptus, a mythical king of Egypt.

² *Contos de réis*, Brazilian currency of the period, *réis* (plural of *real*). One *conto de réis* was equivalent to 1,000,000 *réis* or 900 grams of gold. Measured against the relative price of gold, one *conto de réis* would be equivalent to approximately USD 38,000 (December 2017).

³ Machado might be referring to the Alcazar Lyrique (1859–1877), a theatre in Rio de Janeiro also known as the Théâtre Lyrique Français; Theatro Francez, Alcazar Lyrico Fluminense, and Alcazar Fluminense.

⁴ Botafogo is an area in Rio de Janeiro which includes the Morro da Mineira favela

⁵. Corcovado, or "hunchback," is a granite mountain in Rio de Janeiro where Cristo Redentor (Christ the Redeemer) is found atop its peak.

⁶ Form of address by the slaves toward the lords or of servants towards the male children. Also Ioiô and Nhô.

⁷ Aspasia (470–400 BC) was an influential immigrant to Classical-era Athens who was the lover and partner of the prominent Greek statesman Pericles (c. 495–429 BC). Alcibiades (c. 450–404 BC) was a brilliant and unscrupulous Athenian politician and military commander. As a child he had Pericles as his guardian after the death of his father, Cleinias (?–447 BC). Alcibiades was strikingly handsome and keen witted, but he was also extravagant, irresponsible, and self-centered.

⁸ With Lovelace, Machado could be referring to Ada Augusta, Countess of Lovelace (1815–1852), English noblewoman, daughter of Lord By-

ron, computer pioneer.

⁹   Machado might be referring to Knidos, or Cnidus, an ancient Hellenic city and part of the Dorian Hexapolis, in south-western Asia Minor, modern-day Turkey.

¹⁰   Brazilian dish made with manioc, palm oil, peppers, and shrimp.

¹¹   Machado is probably referring to Brazil's Independence from P o rtugal (1822), which was achieved with a series of political and military events between 1821 and 1824.

¹²   French for *Bluebeard*, a French folktale, the most famous surviving version of the one which was written by French author Charles Perrault (1628–1703), and first published in Paris (1697) in *Histories ou Contes du Temps Passé*. The tale tells the story of a wealthy violent man in the habit of murdering his wives, and the attempts of one wife to avoid the fate of her predecessors.

FULANO

Venha o leitor comigo assistir à abertura do testamento do meu amigo Fulano Beltrão. Conheceu-o? Era um homem de cerca de sessenta anos. Morreu ontem, dois de janeiro de 1884, às onze horas e trinta minutos da noite. Não imagina a força de ânimo que mostrou em toda a moléstia. Caiu na véspera de finados, e a princípio supúnhamos que não fosse nada; mas a doença persistiu, e ao fim de dois meses e poucos dias a morte o levou.

Eu confesso-lhe que estou curioso de ouvir o testamento. Há de conter por força algumas determinações de interesse geral e honrosas para ele. Antes de 1863 não seria assim, porque até então era um homem muito metido consigo, reservado, morando no caminho do Jardim Botânico, para onde ia de ônibus ou de mula. Tinha a mulher e o filho vivos, a filha solteira, com treze anos. Foi nesse ano que ele começou a ocupar-se com outras coisas, além da família, revelando um espírito universal e generoso. Nada posso afirmar-lhe sobre a causa disto. Creio que foi uma apologia de amigo por ocasião dele fazer quarenta anos. Fulano Beltrão leu no Jornal do Comércio, no dia cinco de março de 1864, um artigo anônimo em que se lhe diziam coisas belas e exatas: -

Fulano

translated by Glenn Alan Cheney

Come with me, reader, to the opening of the will of my friend Fulano
Beltrão.[1] Did you know him? He was a man close to sixty years of
age. He died yesterday, the second of January, 1884, at eleven-thirty at
night. You can't imagine the strength of spirit he showed throughout the
illness. He fell on the evening of the Day of the Dead, and at first we
supposed it was nothing, but the illness persisted, and after two months
and a few days, death took him.

I confess to you that I am curious to hear the will. It necessarily
contains some determinations honorable to him and of general interest.
Before 1863 it wouldn't have been this way because until then he was
self-absorbed, reserved, living on the road to the Botanical Garden, where
he went by omnibus or mule. He had a wife and son living, an unmarried
daughter of thirteen. It was in that year that he began to occupy himself
with other things besides his family, revealing a universal and generous
spirit. I can't affirm anything about the cause of this. I believe it was
a friend's testimonial on the occasion of his fortieth birthday. Fulano
Beltrão read in the Jornal do Comércio, on the fifth of March of 1864, an
anonymous article in which beautiful and honorable things were said of

bom pai, bom esposo, amigo pontual, cidadão digno, alma levantada e pura. Que se lhe fizesse justiça, era muito; mas anonimamente, era raro.

— Você verá, disse Fulano Beltrão à mulher, você verá que isto é do Xavier ou do Castro; logo rasgaremos o capote.

Castro e Xavier eram dois habituados da casa, parceiros constantes do voltarete e velhos amigos do meu amigo. Costumavam dizer coisas amáveis, no dia cinco de março, mas era ao jantar, na intimidade da família, entre quatro paredes; impressos, era a primeira vez que ele se benzia com elogios. Pode ser que me engane; mas estou que o espetáculo da justiça, a prova material de que as boas qualidades e as boas ações não morrem no escuro, foi o que animou o meu amigo a dispersar-se, a aparecer, a divulgar-se, a dar à coletividade humana um pouco das virtudes com que nasceu. Considerou que milhares de pessoas estariam lendo o artigo, à mesma hora em que o lia também; imaginou que o comentavam, que interrogavam, que confirmavam, ouviu mesmo, por um fenômeno de alucinação que a ciência há de explicar, e que não é raro, ouviu distintamente algumas vozes do público. Ouviu que lhe chamavam homem de bem, cavalheiro distinto, amigo dos amigos, laborioso, honesto, todos os qualificativos que ele vira empregados em outros, e que na vida de bicho-do-mato em que ia, nunca presumiu que lhe fossem - tipograficamente - aplicados.

— A imprensa é uma grande invenção, disse ele à mulher.

Foi ela, D. Maria Antônia, quem rasgou o capote; o artigo era do Xavier. Declarou este que só em atenção à dona da casa confessava a autoria; e acrescentou que a manifestação não saíra completa, porque a idéia dele era que o artigo fosse dado em todos os jornais, não o tendo feito por havê-lo acabado às sete horas da noite. Não houve tempo de tirar cópias. Fulano Beltrão emendou essa falta, se falta se lhe podia chamar, mandando transcrever o artigo no Diário do Rio e no Correio Mercantil.

him: - good father, good husband, dependable friend, dignified citizen, a soul uplifted and pure. To be given such fair praise was a big deal; but anonymously, it was most unusual.

"You will see," Fulano Beltrão said to his wife, "you'll see that this is by Xavier or Castro. We'll tear off his hood before long."

Castro and Xavier were two frequent visitors to the house, constant partners in games of *voltarete*[2] and old friends of my friend. They used to say friendly things, on the fifth of March, but it was at dinner, in the intimacy of the family, among the four walls. In the press, it was the first time he was blessed with praise. I could be wrong, but I think the gesture of fairness, the material testimony thanks to which good qualities and good acts don't die in the dark, was what motivated my friend to get out, to appear in public, to be seen, to give the human collectivity a little of virtues he was born with. He thought how thousands of people were reading the article at the same time he was reading it. He imagined that they commented on it, questioned it, confirmed it. He really heard it by a phenomenon of hallucination that science has yet to explain though it is not rare. He distinctly heard some of the voices of the public. He heard that they called him a good man, a distinguished gentleman, a friend of friends, a hard worker, honest, all the qualifications he had seen at work in others and which, in the life of the wild animal he was leading, he never presumed applied - typographically - to him.

"The press is a great invention," he said to his wife.

It was she, D. Maria Antônia, who tore off the hood. The article was by Xavier. Xavier said that only out of concern for her was he confessing authorship, and he added that the appearance wasn't complete because his idea was for the article to come out in all the newspapers, but he hadn't done it because he finished it at seven o'clock in the evening. There was no time to make copies. Fulano Beltrão made up for this

Quando mesmo, porém, este fato não desse causa à mudança de vida do nosso amigo, fica uma coisa de pé, a saber, que daquele ano em diante, e propriamente do mês de março, é que ele começou a aparecer mais. Era até então um casmurro, que não ia às assembléias das companhias, não votava nas eleições políticas, não freqüentava teatros, nada, absolutamente nada. Já naquele mês de março, a vinte e dois ou vinte e três, presenteou a Santa Casa de Misericórdia com um bilhete da grande loteria de Espanha, e recebeu uma honrosa carta do provedor, agradecendo em nome dos pobres. Consultou a mulher e os amigos, se devia publicar a carta ou guardá-la, parecendo-lhe que não a publicar era uma desatenção. Com efeito, a carta foi dada a vinte e seis de março, em todas as folhas, fazendo uma delas comentários desenvolvidos acerca da piedade do doador. Das pessoas que leram esta notícia, muitas naturalmente ainda se lembravam do artigo do Xavier, e ligaram as duas ocorrências: "Fulano Beltrão é aquele mesmo que, etc.", primeiro alicerce da reputação de um homem.

É tarde, temos de ir ouvir o testamento, não posso estar a contar-lhe tudo. Digo-lhe sumariamente que as injustiças da rua começaram a ter nele um vingador ativo e discursivo; que as misérias, principalmente as misérias dramáticas, filhas de um incêndio ou inundação, acharam no meu amigo a iniciativa dos socorros que, em tais casos, devem ser prontos e públicos. Ninguém como ele para um desses movimentos. Assim também com as alforrias de escravos. Antes da lei de 28 de setembro de 1871, era muito comum aparecerem na praça do Comércio crianças escravas, para cuja liberdade se pedia o favor dos negociantes. Fulano Beltrão iniciava três quartas partes das subscrições, com tal êxito, que em poucos minutos ficava o preço coberto.

A justiça que se lhe fazia, animava-o, e até lhe trazia lembranças que, sem ela, é possível que nunca lhe tivessem acudido. Não falo do

failing, if it could be called a failing, having the article transcribed in the *Diário do Rio* and the *Correio Mercantil*.

But as this fact did not explain the change in our friend's life, another fact remains, to wit, it was from that year on, and properly from the month of March, that he began to appear in public more often. Until then he'd been a stubborn man who did not go to company assemblies, didn't vote in political elections, didn't go to theaters, nothing, absolutely nothing. Right in that month of March, on the twenty-second or twenty-third, he showed up at Santa Casa de Misericórdia hospital with a ticket from the grand lottery of Spain and received a letter of commendation from the director, thanking him in the name of the poor. He asked his wife and friends whether he should publish the letter or put it away, seeming concerned that to not publish it would be a disrespect. In the end, on the twenty-sixth, the letter was given to all the papers, one of which commented on the piety of the donor. Of the people who read this news, many of them naturally remembered Xavier's article and connected the two occurrences: "Fulano Beltrão is the same one who, etc.," the first building block of a man's reputation.

It's late. We have to go hear the will. I can't be telling you everything. I'll summarize that the unfairness of the word in the street set off in him an active and eloquent vengeance, so that the wretched, chiefly the dramatically wretched, the victims of a fire or flood, found in my friend the initial rescue that in such cases should be quick and public. There was no one like him for one of these efforts. It was the same with the freeing of slaves. Before the law of September 28, 1871, it was very common for slave children to show up at the Commerce square to beg businessmen for money for their freedom. Fulano Beltrão made three-quarters of the contributions so successfully that in a few minutes the price of freedom was covered.

baile que ele deu para celebrar a vitória de Riachuelo, porque era um baile planeado antes de chegar a notícia da batalha, e ele não fez mais do que atribuir-lhe um motivo mais alto do que a simples recreação da família, meter o retrato do almirante Barroso no meio de um troféu de armas navais e bandeiras no salão de honra, em frente ao retrato do Imperador, e fazer, à ceia, alguns brindes patrióticos, como tudo consta dos jornais de 1865.

Mas aqui vai, por exemplo, um caso bem característico da influência que a justiça dos outros pode ter no nosso procedimento. Fulano Beltrão vinha um dia do tesouro, aonde tinha ido tratar de umas décimas. Ao passar pela igreja da Lampadosa, lembrou-se que fora ali batizado; e nenhum homem tem uma recordação destas, sem remontar o curso dos anos e dos acontecimentos, deitar-se outra vez no colo materno, rir e brincar, como nunca mais se ri nem brinca. Fulano Beltrão não escapou a este efeito; atravessou o adro, entrou na igreja, tão singela, tão modesta, e para ele tão rica e linda. Ao sair, tinha uma resolução feita, que pôs por obra dentro de poucos dias: mandou de presente à Lampadosa um soberbo castiçal de prata, com duas datas, além do nome do doador - a data da doação e a do batizado. Todos os jornais deram esta notícia, e até a receberam em duplicata, porque a administração da igreja entendeu (com muita razão) que também lhe cumpria divulgá-la aos quatro ventos.

No fim de três anos, ou menos, entrara o meu amigo nas cogitações públicas; o nome dele era lembrado, mesmo quando nenhum sucesso recente vinha sugeri-lo, e não só lembrado como adjetivado. Já se lhe notava a ausência em alguns lugares. Já o iam buscar para outros. D. Maria Antônia via assim entrar-lhe no Éden a serpente bíblica, não para tentá-la, mas para tentar a Adão. Com efeito, o marido ia a tantas partes, cuidava de tantas coisas, mostrava-se tanto na rua do Ouvidor, à porta do

The fair treatment that was done him encouraged him. The fairness even brought him memories which, without the fairness, he possibly never would have noticed. I won't even mention the dance that he gave to celebrate the Battle of Riachuelo victory because it was a dance that had been planned before the arrival of the news of the battle, and he did no more than attribute to it a motive higher than simple family recreation, putting a picture of Admiral Barroso with a navy trophy and flags in the hall of honor, before the portrait of the Emperor, and at dinner raised some patriotic toasts, as reported in the newspapers of 1865.[3]

But here, for example, is a quite characteristic case of the influence that the fairness of others can have on our behavior. One day Fulano Beltrão came from the Treasury, where he had gone to discuss some tax payments. As he passed the Lampadosa church, he remembered that he'd been baptized there, and no man has a memory of that without reviewing the passage of a lifetime and things that happened, to lie again in the maternal lap, to laugh and play as he never again laughs nor plays. Fulano Beltrão did not escape this effect. He crossed the churchyard, entered the church - so simple, so modest, and for him so rich and beautiful. As he left, he made a resolution which he put to work within a few days: he sent the Lampadosa a gift, a superb silver candlestick with, besides the name of the donor, two dates: the date of the donation and of the baptism. All the newspapers ran the news, and they even received it twice because the church administration understood (and with good reason) that it would also do well to spread it to the four winds.

After three years, or less, my friend had entered the public cogitations. His name was remembered even when no recent event had suggested it, and not just remembered but adorned with adjectives. Now in some places his absence was noted. Now they sought him for other places. So D. Maria Antônia saw the biblical snake enter Eden, not to tempt her but to tempt Adam. Indeed her husband was going so many

Bernardo, que afrouxou a convivência antiga da casa. D. Maria Antônia disse-lho. Ele concordou que era assim, mas demonstrou-lhe que não podia ser de outro modo, e, em todo caso, se mudara de costumes, não mudara de sentimentos. Tinha obrigações morais com a sociedade; ninguém se pertence exclusivamente; daí um pouco de dispersão dos seus cuidados. A verdade é que tinham vivido demasiadamente reclusos; não era justo nem bonito. Não era mesmo conveniente; a filha caminhava para a idade do matrimônio, e casa fechada cria morrinha de convento; por exemplo, um carro, por que é que não teriam um carro? D. Maria Antônia sentiu um arrepio de prazer, mas curto; protestou logo, depois de um minuto de reflexão.

— Não; carro para quê? Não; deixemo-nos de carro.

— Já está comprado, mentiu o marido.

Mas aqui chegamos ao juízo da provedoria. Não veio ainda ninguém; esperemos à porta. Tem pressa? São vinte minutos no máximo. Pois é verdade, comprou uma linda vitória; e, para quem só por modéstia, andou tantos anos às costas de mula ou apertado num ônibus, não era fácil acostumar-se logo ao novo veículo. A isso atribuo eu as atitudes salientes e inclinadas com que ele andava, nas primeiras semanas, os olhos que estendia a um lado e outro, à maneira de pessoa que procura alguém ou uma casa. Afinal acostumou-se; passou a usar das atitudes reclinadas, embora sem um certo sentimento de indiferença ou despreocupação, que a mulher e a filha tinham muito bem, talvez por serem mulheres. Elas, aliás, não gostavam de sair de carro; mas ele teimava tanto que saíssem, que fossem a toda a parte, e até a parte nenhuma, que não tinham remédio senão obedecer-lhe; e, na rua, era sabido, mal vinha ao longe a ponta do vestido de duas senhoras, e na almofada um certo cocheiro, toda a gente dizia logo: - Aí vem a família de Fulano Beltrão. E isto mesmo, sem que ele talvez o pensasse, tornava-o mais conhecido.

194

places, taking care of so many things, showing up so often at the door of Bernardo's on Rua do Ouvidor, that the old conviviality of his home slackened.[4] D. Maria Antônia told him so. He agreed that it was so, but he argued that it couldn't be any other way, and, in any case, though his habits had changed, his feelings hadn't. He had moral obligations with society. No one belonged to himself exclusively, so therefore there was a little dissipation of his care of things. The truth is that they had been living too secludedly. It was neither fair nor attractive. It just wasn't proper. Their daughter was getting to marriageable age, and the closed up house created the stifled air of a convent. A carriage, for example, why was it they didn't have a carriage? D. Maria Antônia felt a shiver of pleasure, but a short one. After a moment of reflection, she protested.

"No. A carriage for what? No, never mind a carriage."

"It's already bought," her husband lied.

But here we are at the probate's office. Nobody's here yet. Let's wait at the door. Are you in a hurry? It'll be twenty minutes at most. So it's true, he bought a beautiful victory. And for someone who, only in modesty, had traveled so many years on the back of a mule or squeezed into an omnibus, it wasn't easy, later, to get used to the new vehicle. To this I attribute the salient and inclined attitudes he went around with in the first weeks, the eyes he stretched to one side and the other in the way of people who are looking for someone or a house. In the end, he got used to it, went on to adopt more laid-back attitudes, albeit without a certain feeling of indifference or lack of concern which his wife and daughter felt, maybe because they were women. They, on the other hand, did not like to go out by carriage, but he insisted so much that they went out, be it to go everywhere or to go nowhere, that there was no other way but to obey him. And in the street, it was known that as soon as a tip of the clothing of the two women appeared in the distance, and on the seat a certain coachman, everybody said, "Here comes Fulano

Fulano

N o ano de 1868 deu entrada na política. Sei do ano porque coincidiu com a queda dos liberais e a subida dos conservadores. Foi em março ou abril de 1868 que ele declarou aderir à situação, não à socapa, mas estrepitosamente. Este foi, talvez, o ponto mais fraco da vida do meu amigo. Não tinha idéias políticas; quando muito, dispunha de um desses temperamentos que substituem as idéias, e fazem crer que um homem pensa, quando simplesmente transpira. Cedeu, porém, a uma alucinação de momento. Viu-se na câmara vibrando um aparte, ou inclinado sobre a balaustrada, em conversa com o presidente do conselho, que sorria para ele, numa intimidade grave de governo. E aí é que a galeria, na exata acepção do termo, tinha de o contemplar. Fez tudo o que pôde para entrar na câmara; a meio caminho caiu a situação. Voltando do atordoamento, lembrou-se de afirmar ao Itaboraí o contrário do que dissera ao Zacarias, ou antes a mesma coisa; mas perdeu a eleição, e deu de mão à política. Muito mais acertado andou, metendo-se na questão da maçonaria com os prelados. Deixara-se estar quedo, a princípio; por um lado, era maçom; por outro, queria respeitar os sentimentos religiosos da mulher. Mas o conflito tomou tais proporções que ele não podia ficar calado; entrou nele com o ardor, a expansão, a publicidade que metia em tudo; celebrou reuniões em que falou muito da liberdade de consciência e do direito que assistia ao maçom de enfiar uma opa; assinou protestos, representações, felicitações, abriu a bolsa e o coração, escancaradamente.

Morreu-lhe a mulher em 1878. Ela pediu-lhe que a enterrasse sem aparato, e ele assim o fez, porque a amava deveras e tinha a sua última vontade como um decreto do céu. Já então perdera o filho; e a filha, casada, achava-se na Europa. O meu amigo dividiu a dor com o público; e, se enterrou a mulher sem aparato, não deixou de lhe mandar esculpir na Itália um magnífico mausoléu, que esta cidade admirou exposto, na

196

Beltrão's family." And that, maybe without him realizing it, made him more widely known.

In 1868 he got into politics. I know the year because it coincided with the fall of the liberals and the rise of the conservatives. It was in March or April of 1868 that he declared his assent to the situation, not slyly but loudly. This was perhaps the weakest point in my friend's life. He had no political ideas. When he made an effort, he put forth one of those temperaments that substitute for ideas and make people believe a man is thinking when he's just sweating. But he gave in to a moment of hallucination. He saw himself in the town council opining an aside, or leaning over the balustrade in conversation with the council president, who smiled at him in a serious intimacy of government. And that's when the gallery, in the exact meaning of the term, had to think about him. He did everything he could to get onto the council; halfway there, the situation collapsed. Recovering from the shock, he remembered to affirm to Itaboraí the opposite of what he'd said to Zacarias, or beforehand the same thing. But he lost the election and dropped politics. He went around much better adjusted, going into the issue of the Masons with the prelates. At first he kept quiet. On one hand, he was a Mason; on the other, he wanted to respect the religious sentiments of his wife. But the conflict took on such proportions that he couldn't hold his tongue. He went into the issue with ardor, the expansion, the publicity that he put into everything. He held meetings in which he spoke at length about the freedom of conscience and the right of the Mason to wear a robe. He signed protests, petitions, congratulations, blatantly opened his wallet and his heart.

His wife died in 1878. She asked to be buried without anything fancy, and that's the way he did it, because he really loved her and held her last desire like a decree from heaven. He had already lost his son, and his daughter, by then married, was in Europe. My friend shared his

rua do Ouvidor, durante perto de um mês. A filha ainda veio assistir à inauguração. Deixei de os ver uns quatro anos. Ultimamente surgiu a doença, que no fim de pouco mais de dois meses o levou desta para a melhor. Note que, até começar a agonia, nunca perdeu a razão nem a força d'alma. Conversava com as visitas, mandava-as relacionar, não esquecia mesmo noticiar às que chegavam, as que acabavam de sair; coisa inútil, porque uma folha amiga publicava-as todas. Na manhã do dia em que morreu ainda ouviu ler os jornais, e num deles uma pequena comunicação relativamente à sua moléstia, o que de algum modo pareceu reanimá- lo. Mas para a tarde enfraqueceu um pouco; à noite expirou.

Vejo que está aborrecido. Realmente demoram-se... Espere; creio que são eles. São; entremos. Cá está o nosso magistrado, que começa a ler o testamento. Está ouvindo? Não era preciso esta minuciosa genealogia, excedente das práticas tabelioas; mas isto mesmo de contar a família desde o quarto avô prova o espírito exato e paciente do meu amigo. Não esquecia nada. O cerimonial do saimento é longo e complicado, mas bonito. Começa agora a lista dos legados. São todos pios; alguns industriais. Vá vendo a alma do meu amigo.

Trinta contos...

Trinta contos para quê? Para servir de começo a uma subscrição pública destinada a erigir uma estátua de Pedro Álvares Cabral. "Cabral, diz ali o testamento, não pode ser olvidado dos brasileiros, foi o precursor do nosso império." Recomenda que a estátua seja de bronze, com quatro medalhões no pedestal, a saber, o retrato do bispo Coutinho, presidente da Constituinte, o de Gonzaga, chefe da conjuração mineira, e o de dois cidadãos da presente geração "notáveis por seu patriotismo e liberalidade", à escolha da comissão, que ele mesmo nomeou para levar a empresa a cabo.

pain with the public, and though he buried his wife without pomp, he did not neglect to have a magnificent mausoleum sculpted in Italy, which the city admired on display on Rua do Ouvidor for nearly a month. His daughter came to attend the inauguration. I haven't seen them for some four years. Recently the illness arose and, after a little over two months, took him to a better place. Note that before the agony began, he had never lost his reason nor the strength of his soul. He spoke with visitors, got them to know each other, didn't forget to tell the ones arriving about the ones leaving. It was pointless because a friendly newspaper was publishing their names. On the morning of the day he died he still heard the newspapers read, and in one of them a relatively small item reported his illness, which in a certain way seemed to reanimate him. But by afternoon he weakened a bit. At night, he expired.

I can see you're annoyed. They're really taking a long time...Wait, I think that's them. It is. Let's go in. Here's our magistrate, who begins to read the will. Can you hear? This genealogical minutia isn't necessary; it's an excess of small print. But this telling of the whole family, from the great-great-great-grandfather, tests my friend's patient and precise spirit. He didn't forget anything. The funeral ceremony is long and complicated but beautiful. Now he's starting the list of inheritors. They're all religious people; a few industrialists. Watch the soul of my friend.

Thirty *contos*.

Thirty *contos* for what? To start a public subscription aimed at erecting a statue of Pedro Álvares Cabral?[5] "Cabral," it says there in the will, "must not be forgotten by Brazilians. He was the precursor of our empire." It recommends that the statue be of bronze with four medallions on the pedestal, to wit, the portrait of Bishop Coutinho, president of the Constitution, one of Gonzaga, head of the rebellion in Minas Gerais, and of two citizens of the current generation, "notable for

Que ela se realize, não sei; falta-nos a perseverança do fundador da verba. Dado, porém, que a comissão se desempenhe da tarefa, e que este sol americano ainda veja erguer-se a estátua de Cabral, é da nossa honra que ele contemple num dos medalhões o retrato do meu finado amigo. Não lhe parece? Bem, o magistrado acabou, vamos embora.

their patriotism and liberalness," as chosen by the commission, which he himself appointed to take charge of the project.

What this accomplished, I do not know. We lack the perseverance of the founder of the fund. But if the commission follows through and this American sun ever sees the statue of Cabral put up, in our honor it should think about putting a portrait of my late friend on one of the medallions. Don't you think? Well, the magistrate's done. Let's go.

from *Histórias Sem Data*, 1884

Notes

¹ Fulano is not an ordinary first name. The name is usually used for a hypothetical or unknown man of generic identity, along the lines of "John Doe." It could be translated as "a guy," "whoever," or "everyman." Beltrão is a synonym for Beltrano, which refers to a second unknown person, as in the common phrase "Fulano e Beltrano . . ."

² A card game that involves bidding, trump, and tricks, with three players and forty cards. Despite its difficult rules, complicated point score and strange foreign terms, it swept Europe in the last quarter of the 17th century, becoming *Lomber* in Germany, *Lumbur* in Austria and *Ombre* or *Hombre* in England.

³ The Battle of Riachuelo was a naval battle on the Rio Paraná in 1865 that marked a turning point in the war with Paraguay. Admiral Francisco Manoel Barroso led the Brazilian fleet.

⁴ Bernardo's was a popular perfume and hair salon on Rua do Ouvidor that is referred to in Memórias da Rua do Ouvidor, by Joaquim Manuel de Macedo, a contemporary of Machado de Assis.

⁵ Pedro Álvares Cabral was commander of the first European fleet to land in Brazil, arriving in 1500.

Trio em Lá Menor

I
ADAGIO CANTABILE

Maria Regina acompanhou a avó até o quarto, despediu-se e reco-lheu- se ao seu. A mucama que a servia, apesar da familiaridade que existia entre elas, não pôde arrancar-lhe uma palavra, e saiu, meia hora depois, dizendo que Nhanhã estava muito séria. Logo que ficou só, Maria Regina sentou-se ao pé da cama, com as pernas estendidas, os pés cruzados, pensando.

A verdade pede que diga que esta moça pensava amorosamente em dois homens ao mesmo tempo, um de vinte e sete anos, Maciel — outro de cinqüenta, Miranda. Convenho que é abominável, mas não posso alterar a feição das cousas, não posso negar que se os dois homens estão namorados dela, ela não o está menos de ambos. Uma esquisita, em suma; ou, para falar como as suas amigas de colégio, uma desmiolada. Ninguém lhe nega coração excelente e claro espírito; mas a imaginação é que é o mal, uma imaginação adusta e cobiçosa, insaciável

TRIO IN A-MINOR

translated by Ana Lessa-Schmidt

I

ADAGIO CANTABILE

Maria Regina accompanied her grandmother to the bedroom, said goodbye and retired to hers. The maid who served her, despite the familiarity between them, could not get a word from her and left half an hour later, saying that Missy was very serious. Once left alone, Maria Regina sat at the foot of the bed, legs straight, feet crossed, thinking.

Truth demands that I say that this young lady, lovingly, had thoughts of two men at the same time. One, Maciel, was twenty-seven years old. The other, Miranda, was fifty years old. I agree that it is odious, but I cannot change the face of things. I cannot deny that, if the two men are in love with her, she is no less in love with both of them. In short, she is an odd case; or, to speak as her school friends do, a scatterbrain. Nobody denies her fine heart and clear mind, but her imagination is what is amiss. She has a gloomy and greedy imagination, especially insatiable, averse to reality. It superimposes things which matter to her upon what matters in life. This causes irremediable curiosities.

principalmente, avessa à realidade, sobrepondo às cousas da vida outras de si mesma; daí curiosidades irremediáveis.

A visita dos dois homens (que a namoravam de pouco) durou cerca de uma hora. Maria Regina conversou alegremente com eles, e tocou ao piano uma peça clássica, uma sonata, que fez a avó cochilar um pouco. No fim discutiram música. Miranda disse cousas pertinentes acerca da música moderna e antiga; a avó tinha a religião de Bellini e da Norma, e falou das toadas do seu tempo, agradáveis, saudosas e principalmente claras. A neta ia com as opiniões do Miranda; Maciel concordou polidamente com todos.

Ao pé da cama, Maria Regina reconstruía agora tudo isso, a visita, a conversação, a música, o debate, os modos de ser de um e de outro, as palavras do Miranda e os belos olhos do Maciel. Eram onze horas, a única luz do quarto era a lamparina, tudo convidava ao sonho e ao devaneio. Maria Regina, à força de recompor a noite, viu ali dois homens ao pé dela, ouviu- os, e conversou com eles durante uma porção de minutos, trinta ou quarenta, ao som da mesma sonata tocada por ela: lá, lá, lá ...

II

ALLEGRO MA NON TROPPO

No dia seguinte a avó e a neta foram visitar uma amiga na Tijuca. Na volta a carruagem derribou um menino que atravessava a rua, corren- do. Uma pessoa que viu isto, atirou-se aos cavalos e, com perigo de si própria, conseguiu detê-los e salvar a criança, que apenas ficou ferida e desmaiada. Gente, tumulto, a mãe do pequeno acudiu em lágrimas. Maria Regina desceu do carro e acompanhou o ferido até à casa da mãe, que era ali ao pé.

Quem conhece a técnica do destino adivinha logo que a pessoa que salvou o pequeno foi um dos dois homens da outra noite; foi o Maciel.

The visit of the two men (who had been courting her for only a short while) lasted about an hour. Maria Regina happily chatted with them, and she played a classical piece at the piano, a sonata, which made her grandmother doze off a little. At the end they discussed music. Miranda said relevant things about music, old and modern; her grandmother revered Bellini and Norma and spoke of the songs of her time, pleasant, nostalgic and, most of all, straightforward. The granddaughter followed Miranda's opinions. Maciel politely agreed with everyone.

At the foot of the bed, Maria Regina put it all together now: the visit, the conversation, the music, the debate, the ways of being of one and the other, the words of Miranda and the beautiful eyes of Maciel. It was eleven o'clock. The only light in the bedroom was the lamp. Everything invited dreaming and reverie. Maria Regina, forcing herself to recollect the evening, saw two men beside her there. She listened and talked to them for several minutes, thirty or forty, to the sound of the same sonata she had played: la, la, la ...

II
ALLEGRO MA NON TROPPO

The next day grandmother and granddaughter went to visit a friend in Tijuca. On its way back, the carriage knocked over a boy who had run into the street. A person who saw this threw himself at the horses and, at his own peril, managed to stop them and saved the child, who was only wounded and unconscious. People, tumult, the mother of the boy hastened in tears. Maria Regina got out of the carriage and accompanied the injured boy to the house of his mother, which was very close.

Those who know the way fate works will immediately guess that the person who saved the boy was one of two men from the other night: it was Maciel. After the first dressing was applied, Maciel accompanied the young lady to the carriage and accepted the ride to the city the

Feito o primeiro curativo, o Maciel acompanhou a moça até à carruagem e aceitou o lugar que a avó lhe ofereceu até a cidade. Estavam no Engenho Velho. Na carruagem é que Maria Regina viu que o rapaz trazia a mão ensangüentada. A avó inquiria a miúdo se o pequeno estava muito mal, se escaparia; Maciel disse-lhe que os ferimentos eram leves. Depois contou o acidente: estava parado, na calçada, esperando que passasse um tílburi, quando viu o pequeno atravessar a rua por diante dos cavalos; compreendeu o perigo, e tratou de conjurá-lo, ou diminuí-lo.

— Mas está ferido, disse a velha.

— Cousa de nada.

— Está, está, acudiu a moça; podia ter-se curado também.

— Não é nada, teimou ele; foi um arranhão, enxugo isto com o lenço.

Não teve tempo de tirar o lenço; Maria Regina ofereceu-lhe o seu. Maciel, comovido, pegou nele, mas hesitou em maculá-lo. Vá, vá, dizia-lhe ela; e vendo-o acanhado, tirou-lho e enxugou-lhe, ela mesma, o sangue da mão.

A mão era bonita, tão bonita como o dono; mas parece que ele estava menos preocupado com a ferida da mão que com o amarrotado dos punhos. Conversando, olhava para eles disfarçadamente e escondia-os. Maria Regina não via nada, via-o a ele, via-lhe principalmente a ação que acabava de praticar, e que lhe punha uma auréola. Compreendeu que a natureza generosa saltara por cima dos hábitos pausados e elegantes do moço, para arrancar à morte uma criança que ele nem conhecia. Falaram do assunto até a porta da casa delas; Maciel recusou, agradecendo, a carruagem que elas lhe ofereciam, e despediu-se até à noite.

— Até a noite! repetiu Maria Regina.

grandmother offered him. They were at Engenho Velho.[1] It was in the carriage that Maria Regina saw that the young man had blood on his hand. The grandmother inquired often if the little boy was in really bad shape, if he would survive; Maciel told her that the injuries were mild. Later he told them about the accident: he was standing on the pavement, waiting for a tilbury to pass by, when he saw the little boy crossing the street in front of the horses; he realized the danger and tried to prevent it or to decrease it.

"But you are injured," said the old woman.

"It is nothing."

"He is, he is," hastened the young lady. "You could have been treated as well."

"It is nothing," he insisted. "It was a scratch, I shall wipe it with a handkerchief."

He had no time to get out his handkerchief; Maria Regina offered him hers. Maciel, moved, picked it up, but hesitated to dirty it. "Go on, go on," she told him, and seeing that he was sheepish, took it from him and wiped the blood from his hand herself.

The hand was beautiful, as beautiful as its owner, but it seems he was less concerned with the wound on his hand than with the creasing of his cuffs. Talking, he looked surreptitiously at them and hid them. Maria Regina saw nothing, she saw him, she mainly saw the act he had just performed and which gave him a halo. She understood that his generous nature had overcome the poised and elegant habits of the young man in order to wrest from death a child he did not even know. They talked about the matter all the way to the door of their house; Maciel refused, with thanks, the carriage they offered him, and he said goodbye until the evening.

"See you tonight!" Maria Regina repeated.

— Esperou-o ansiosa. Ele chegou, por volta de oito horas, trazendo uma fita preta enrolada na mão, e pediu desculpa de vir assim; mas disseram-lhe que era bom pôr alguma coisa e obedeceu.

— Mas está melhor!

— Estou bom, não foi nada.

— Venha, venha, disse-lhe a avó, do outro lado da sala. Sente-se aqui ao pé de mim: o senhor é um herói.

Maciel ouvia sorrindo. Tinha passado o ímpeto generoso, começava a receber os dividendos do sacrifício. O maior deles era a admiração de Maria Regina, tão ingênua e tamanha, que esquecia a avó e a sala. Maciel sentara-se ao lado da velha. Maria Regina defronte de ambos. Enquanto a avó, restabelecida do susto, contava as comoções que padecera, a princípio sem saber de nada, depois imaginando que a criança teria morrido, os dois olhavam um para o outro, discretamente, e afinal esquecidamente. Maria Regina perguntava a si mesma onde acharia melhor noivo. A avó, que não era míope, achou a contemplação excessiva, e falou de outra coisa; pediu ao Maciel algumas notícias de sociedade.

III

ALLEGRO APPASSIONATO

Maciel era homem, como ele mesmo dizia em francês, très répandu; sacou da algibeira uma porção de novidades miúdas e interessantes. A maior de todas foi a de estar desfeito o casamento de certa viúva.

— Não me diga isso! exclamou a avó. E ela?

— Parece que foi ela mesma que o desfez: o certo é que esteve anteontem no baile, dançou e conversou com muita animação. Oh!

She waited for him eagerly. He arrived at around eight o'clock, a black ribbon wrapped around his hand, and apologized for turning up looking like that, but he had been told that it would be good to put something on it and had obeyed.

"I see it is getting better!"

"I am fine. It was nothing."

"Come, come," said the grandmother, from the other side of the room. "Sit next to me. You are a hero!"

Maciel listened, smiling. The generous impetus had subsided, and he began to receive the dividends of his sacrifice. The greatest of these was the admiration of Maria Regina, so extreme and naive, that he forgot her grandmother and the room itself. Maciel sat beside the old woman. Maria Regina was in front of them both. The grandmother, recovered from the shock, told of the commotions she had suffered, at first without realizing what was happening, and then imagining that the child had died. Meanwhile, the two glanced at each other, at first discreetly, and, by the end, absent-mindedly. Maria Regina asked herself where she would find a better match. The grandmother, who was not short-sighted, found the contemplation excessive, and she started talking about something else: she asked Maciel for some news from high society.

III

ALLEGRO APPASSIONATO

Maciel was a man, as he used to say in French, *très répandu;*[2] he drew from his pocket loads of tidbits and interesting news. The best was a certain widow's undone marriage.

"You don't say!" exclaimed the grandmother. "What about her?"

"It appears that it was she herself who called it off: the truth is that she was at the ball the day before yesterday; she danced and talked

abaixo da notícia, o que fez mais sensação em mim foi o colar que ela levava, magnífico ...

— Com uma cruz de brilhantes? perguntou a velha. Conheço; é muito bonito.

— Não, não é esse.

Maciel conhecia o da cruz, que ela levara à casa de um Mascarenhas; não era esse. Este outro ainda há poucos dias estava na loja do Resende, uma cousa linda. E descreveu-o todo, número, disposição e facetado das pedras; concluiu dizendo que foi a jóia da noite.

— Para tanto luxo era melhor casar, ponderou maliciosamente a avó.

— Concordo que a fortuna dela não dá para isso. Ora, espere! Vou amanhã, ao Resende, por curiosidade, saber o preço por que o vendeu. Não foi barato, não podia ser barato.

— Mas por que é que se desfez o casamento?

— Não pude saber; mas tenho de jantar sábado com o Venancinho Corrêa, e ele conta-me tudo. Sabe que ainda é parente dela? Bom rapaz; está inteiramente brigado com o barão ...

A avó não sabia da briga; Maciel contou-lha de princípio a fim, com todas as suas causas e agravantes. A última gota no cálice foi um dito à mesa de jogo, uma alusão ao defeito do Venancinho, que era canhoto. Contaram-lhe isto, e ele rompeu inteiramente as relações com o barão. O bonito é que os parceiros do barão acusaram-se uns aos outros de terem ido contar as palavras deste. Maciel declarou que era regra sua não repetir o que ouvia à mesa do jogo, porque é lugar em que há certa franqueza.

Depois fez a estatística da rua do Ouvidor, na véspera, entre uma e quatro horas da tarde. Conhecia os nomes das fazendas e todas as

quite enthusiastically. Oh! Apart from the news, what had a great impact on me was the necklace she wore – magnificent ..."

"With a jeweled cross?" asked the old woman. "I am familiar with it. It is very beautiful."

"No, it is not that one."

Maciel was familiar with the cross necklace, which she had worn at the house of a certain Mascarenhas; it was not that one. This one was at Resende's store until a few days ago – a beautiful thing. And he described it completely: the size, the arrangement and the setting; he concluded by saying that it was the jewel of the night.

" It would be better to get married for that kind of luxury," mischievously mused the grandmother.

"I agree that she could not afford that on her own. But wait! I'm going to Resende's tomorrow, out of curiosity, to find out the price it was sold for. It was not cheap. It could not be cheap."

"But why did the marriage fall apart?"

"I wouldn't know, but I shall have dinner with Venancinho Corrêa on Saturday, and he will tell me everything. Do you know that he is even a relative of hers? A good fellow, he has really quarreled with the baron..."

The grandmother did not know about the quarrel; Maciel told her about it from beginning to end, with all its reasons and aggravations. The last straw was the baron's comment at the gaming table, an allusion to Venancinho's defect (he was left-handed). Someone had told Venancinho about this, and he completely broke off relations with the baron. The best part is that the baron's partners had accused each other of having repeated his words. Maciel said that it was a rule not to tell what was heard at the gaming table, because it is a place where there is a certain frankness.

cores modernas. Citou as principais toilettes do dia. A primeira foi a de Mme. Pena Maia, baiana distinta, très pschutt. A segunda foi a de Mlle. Pedrosa, filha de um desembargador de São Paulo, adorable. E apontou mais três, comparou depois as cinco, deduziu e concluiu. Às vezes esquecia-se e falava francês; pode mesmo ser que não fosse esquecimento, mas propósito; conhecia bem a língua, exprimia-se com facilidade e formulara um dia este axioma etnológico – que há parisienses em toda a parte. De caminho, explicou um problema de voltarete.

— A senhora tem cinco trunfos de espadilha e manilha, tem rei e dama de copas ...

Maria Regina ia descambando da admiração no fastio; agarrava-se aqui e ali, contemplava a figura moça do Maciel, recordava a bela ação daquele dia, mas ia sempre escorregando; o fastio não tardava a absorvê-la. Não havia remédio. Então recorreu a um singular expediente. Tratou de combinar os dois homens, o presente com o ausente, olhando para um, e escutando o outro de memória; recurso violento e doloroso, mas tão eficaz, que ela pôde contemplar por algum tempo uma criatura perfeita e única.

Nisto apareceu o outro, o próprio Miranda. Os dois homens cumprimentaram-se friamente; Maciel demorou-se ainda uns dez minutos e saiu.

Miranda ficou. Era alto e seco, fisionomia dura e gelada. Tinha o rosto cansado, os cinqüenta anos confessavam-se tais, nos cabelos grisalhos, nas rugas e na pele. Só os olhos continham alguma cousa menos caduca. Eram pequenos, e escondiam-se por baixo da vasta arcada do sobrolho; mas lá, ao fundo, quando não estavam pensativos, centelhavam de mocidade. A avó perguntou-lhe, logo que Maciel saiu,

L ater, he went through the previous day's statistics of the Rua do Ouvidor, the ones from between one and four in the afternoon. He k new the names of all fabrics and all the modern colors. He noted t he main fashions of the day. The first was that of Mme. Pena Maia, a distinguished Bahian, *très pschutt*.[3] The second was that of Mlle. Pedrosa, daughter of a judge from São Paulo. *Adorable*, she was. And he pointed out three more. Then he compared all five, made deductions and drew conclusions. Sometimes he forgot himself and spoke French. It may even be that it was not forgetfulness but on purpose. He knew t he language and expressed himself with ease. One day he had come up with this ethnological axiom: there are Parisians everywhere. On the way, he explained a problem from the card game *voltarete*.

"You have five trumps of the ace of spades, a seven of hearts and a two of clubs, a king and queen of hearts. . ."

Maria Regina was slipping out of admiration into boredom; she held on here and there, contemplating Maciel's young figure, she remembered the kind act that day, but she kept on slipping off. It did not take long for boredom to absorb her. There was no helping it. Then she resorted to a singular measure. She started to combine the two men, the present with the absent, looking at one, and then listening to the other in her heart. A violent and painful recourse, yet so effective that she could contemplate for some time a perfect and unique being.

A t that very moment the other man showed up, Miranda himself. The two men greeted each other coldly. Maciel lingered for about ten minutes, then left.

Miranda stayed. He was tall and dry, with a hard and icy look. His face was tired, and his fifty years declared themselves as such through his gray hair, wrinkles and skin. Only his eyes betrayed something less aged. They were small and lurked beneath his wide arched eyelids. But there, deeper, when they were not pensive, they sparkled with youth.

s e já tinha notícia do acidente do Engenho Velho, e contou-lho com grandes

encarecimentos, mas o outro ouvia tudo sem admiração nem inveja.

— Não acha sublime? perguntou ela, no fim.

— Acho que ele salvou talvez a vida a um desalmado que algum dia, sem o conhecer, pode meter-lhe uma faca na barriga.

— Oh! protestou a avó.

— Ou mesmo conhecendo, emendou ele.

— Não seja mau, acudiu Maria Regina; o senhor era bem capaz de fazer o mesmo, se ali estivesse.

M iranda sorriu de um modo sardônico. O riso acentuou-lhe a d ureza da fisionomia. Egoísta e mau, este Miranda primava por um lado único: espiritualmente, era completo. Maria Regina achava nele o tradutor maravilhoso e fiel de uma porção de idéias que lutavam dentro d ela, vagamente, sem forma ou expressão. Era engenhoso e fino e até p rofundo, tudo sem pedantice, e sem meter-se por matos cerrados, antes quase sempre na planície das conversações ordinárias; tão certo é que as cousas valem pelas idéias que nos sugerem. Tinham ambos os m esmos gostos artísticos; Miranda estudara direito para obedecer ao pai; a sua vocação era a música.

A avó, prevendo a sonata, aparelhou a alma para alguns cochilos. Demais, não podia admitir tal homem no coração; achava-o aborrecido e antipático. Calou-se no fim de alguns minutos. A sonata veio, no meio de uma conversação que Maria Regina achou deleitosa, e não veio senão porque ele lhe pediu que tocasse; ele ficaria de bom grado a ouvi-la.

— Vovó, disse ela, agora há de ter paciência ...

Miranda aproximou-se do piano. Ao pé das arandelas, a cabeça dele mostrava toda a fadiga dos anos, ao passo que a expressão da fisionomia

The grandmother asked him, as soon as Maciel left, if he had heard of the accident at the Engenho Velho, and she told it to him with many enhancements, but he listened to it all with neither admiration nor envy.

"Don't you find it sublime?" she asked at the end.

"I think he may have saved the life of a soulless person who, some day, without even knowing him, can knife him in the belly."

"Oh!" the grandmother protested.

"Or even if he knew him," he corrected.

"Don't be unkind," Maria Regina reacted. "It's quite possible you would have done the same if you had been there."

Miranda smiled sardonically. The laughter accentuated the hardness of his look. Selfish and unkind, this Miranda prevailed over his rival in one way: spiritually, he was complete. Maria Regina saw in him a wonderful and faithful translator of many ideas which struggled inside her, vaguely, without form or expression. He was witty and refined and even profound, all without pedantry and, without beating around the bush, was instead almost always at the surface of ordinary conversations. How right he is that things are only worth the ideas they suggest to us! They both had the same artistic tastes; Miranda had studied law to obey his father, but his true calling was music.

The grandmother, anticipating the sonata, prepared her soul for a little nap or so. It was too much, she could not admit such a man into her heart; she thought him dull and aloof. She settled down after a few minutes. The sonata came in the middle of a conversation that Maria Regina found delightful, and it came not merely because he asked her to play. He would gladly stay to listen to her.

"Grandma," she said, "now you have to have patience..."

Miranda approached the piano. Close to the candlesticks his head showed all the fatigue of the years, whereas the expression on his face was much more of stone and gall. Maria Regina noticed the change, and

era muito mais de pedra e fel. Maria Regina notou a graduação, e tocava sem olhar para ele; difícil cousa, porque, se ele falava, as palavras entravam-lhe tanto pela alma, que a moça insensivelmente levantava os olhos, e dava logo com um velho ruim. Então é que se lembrava do Maciel, dos seus anos em flor, da fisionomia franca, meiga e boa, e afinal da ação daquele dia. Comparação tão cruel para o Miranda, como fora para o Maciel o cotejo dos seus espíritos. E a moça recorreu ao mesmo expediente. Completou um pelo outro; escutava a este com o pensamento naquele; e a música ia ajudando a ficção, indecisa a princípio, mas logo viva e acabada. Assim Titânia, ouvindo namorada a cantiga do tecelão, admirava-lhe as belas formas, sem advertir que a cabeça era de burro.

IV

MINUETTO

Dez, vinte, trinta dias passaram depois daquela noite, e ainda mais vinte, e depois mais trinta. Não há cronologia certa; melhor é ficar no vago. A situação era a mesma. Era a mesma insuficiência individual dos dois homens, e o mesmo complemento ideal por parte dela; daí um terceiro homem, que ela não conhecia.

Maciel e Miranda desconfiavam um do outro, detestavam-se a mais e mais, e padeciam muito, Miranda principalmente, que era paixão da última hora. Afinal acabaram aborrecendo a moça. Esta viu-os ir pouco a pouco. A esperança ainda os fez relapsos, mas tudo morre, até a esperança, e eles saíram para nunca mais. As noites foram passando, passando ... Maria Regina compreendeu que estava acabado.

A noite em que se persuadiu bem disto foi uma das mais belas daquele ano, clara, fresca, luminosa. Não havia lua; mas nossa amiga aborrecia a lua, – não se sabe bem por que, – ou porque brilha de

she played without looking at him. It was a difficult thing to do, because, if he spoke, his words would so much penetrate her soul that the young lady would insensibly look up and immediately find a bad, old man. It was then that she would remember Maciel, his years in bloom, the frank, sweet and good looks and, finally, that day's deed. The comparison of their spirits was as cruel to Miranda as to Maciel. And the young lady resorted to the same measure. She completed one with the other; she listened to this one with her thoughts on the other; and the music helped the fiction, indecisive at first, but soon alive and complete. Like Titania, listening in love to the song of the weaver, admiring his beautiful forms, without noticing that his head was that of a donkey.[4]

IV

MINUETTO

Ten, twenty, thirty days passed since that night, and another twenty more, and then another thirty. There is no true chronology: it is better to be vague. The situation remained the same. It was the same individual insufficiency of the two men, and the same ideal complement on her part. There came from them a third man, whom she did not know.

Maciel and Miranda distrusted each other. They hated each other more and more, and suffered much, especially Miranda, for whom this was his last passion. After a while they became tedious to the young lady. She saw them going little by little. Hope still made them relapse, but everything dies, even hope, and they disappeared forever. Nights passed and passed.... Maria Regina realized it was finished.

She was finally convinced of this on one of the most beautiful, clear, fresh, and luminous nights of the year. There was no moon, but our friend detested the moon – it is not well known why – because its shine is borrowed, or because everyone admires it, and it may be for both reasons. It was just one of her oddities. Now for another. She had read

empréstimo, ou porque toda a gente a admira, e pode ser que por ambas as razões. Era uma das suas esquisitices. Agora outra.

Tinha lido de manhã, em uma notícia de jornal, que há estrelas duplas, que nos parecem um só astro. Em vez de ir dormir, encostou-se à janela do quarto, olhando para o céu, a ver se descobria alguma delas; baldado esforço. Não a descobrindo no céu, procurou-a em si mesma, fechou os olhos para imaginar o fenômeno; astronomia fácil e barata, mas não sem risco. O pior que ela tem é pôr os astros ao alcance da mão; por modo que, se a pessoa abre os olhos e eles continuam a fulgurar lá em cima, grande é o desconsolo e certa a blasfêmia. Foi o que sucedeu aqui. Maria Regina viu dentro de si a estrela dupla e única. Separadas, valiam bastante; juntas, davam um astro esplêndido. E ela queria o astro esplêndido. Quando abriu os olhos e viu que o firmamento ficava tão alto, concluiu que a criação era um livro falho e incorreto, e desesperou.

No muro da chácara viu então uma cousa parecida com dois olhos de gato. A princípio teve medo, mas advertiu logo que não era mais que a reprodução externa dos dois astros que ela vira em si mesma e que tinham ficado impressos na retina. A retina desta moça fazia refletir cá fora todas as suas imaginações. Refrescando o vento recolheu-se, fechou a janela e meteu- se na cama.

Não dormiu logo, por causa de duas rodelas de opala que estavam incrustadas na parede; percebendo que era ainda uma ilusão, fechou os olhos e dormiu. Sonhou que morria, que a alma dela, levada aos ares, voava na direção de uma bela estrela dupla. O astro desdobrou-se, e ela voou para uma das duas porções; não achou ali a sensação primitiva e despenhou-se para outra; igual resultado, igual regresso, e ei-la a andar

in a newspaper that morning that there are double stars, which seem to us to be a single star. Instead of going to bed, she leaned against the bedroom window, looking at the sky, to see if she could find any of them. All in vain. Not finding any in the sky, she tried to find one in herself. She closed her eyes to imagine the phenomenon. Easy and inexpensive astronomy, but not without risk. The worst that it does is to put the stars within reach of one's hands. That way, if the person opens his or her eyes and the stars continue to shine up in the sky, great is the dismay and sure the blasphemy. That is what happened here. Maria Regina saw within herself a unique double star. Separate they were worth enough; together, they became a splendid star. And she wanted the splendid star. When she opened her eyes and saw that the sky was so high, she concluded that creation was a flawed and incorrect book, and she despaired.

Then, on the wall around the cottage she saw something similar to two cat's eyes. It scared her at first, but she soon noticed that they were nothing more than the external reproduction of the two stars that she saw in herself and which had been printed on her retina. The young lady's retina reflected all her imaginings. As the wind cooled, she retired. She closed the window and got into bed.

She did not fall sleep immediately, because of two rings of opal which were embedded in the wall. Realizing that they were still an illusion, she closed her eyes and slept. She dreamed that she had died and that her soul, carried by the wind, was flying toward a beautiful double star. The star unfolded, and she flew into one of the two halves. There she did not find the primitive sensation, so she hurled herself into the other. The same result, the same return, and there she was walking from one to the other of the two separated stars. Then, a voice came from the abyss with words she did not understand.

de uma para outra das duas estrelas separadas. Então uma voz surgiu do abismo, com palavras que ela não entendeu.

— É a tua pena, alma curiosa de perfeição; a tua pena é oscilar por toda a eternidade entre dois astros incompletos, ao som desta velha sonata do absoluto: lá, lá, lá...

"This is your punishment, soul who craves perfection. Your punishment is to oscillate throughout eternity between two incomplete stars, to the sound of that old sonata of the absolute: la, la, la...

from *Gazeta de Notícias*, 1886

Notes

[1]   Originally called São Francisco Xavier do Engenho Velho, it was once a parish in Rio de Janeiro, where Tijuca and Vila Isabel, amongst other neighborhoods are located today.

[2]   French, meaning *broadly knowledgeable*.

[3]   French, meaning *very elegant*.

[4]   The Queen of Fairies in William Shakespeare's *A Midsummer Night's Dream*.

Anedota do *Cabriolet*

——*Cabriolet* está aí, sim senhor, dizia o preto que viera à matriz de S. José chamar o vigário para sacramentar dois moribundos.

A geração de hoje não viu a entrada e a saída do *cabriolet* no Rio de Janeiro. Também não saberá do tempo em que o *cab* e o *tilbury* vieram para o rol dos nossos veículos de praça ou particulares. O *cab* durou pouco. O *tilbury*, anterior aos dois, promete ir à destruição da cidade. Quando esta acabar e entrarem os cavadores de ruínas, achar-se-á um parado, com o cavalo e o cocheiro em ossos esperando o freguês do costume. A paciência será a mesma de hoje, por mais que chova, a melancolia maior, como quer que brilhe o sol, porque juntará a própria atual à do espectro dos tempos. O arqueólogo dirá cousas raras sobre os três esqueletos. O *cabriolet* não teve história; deixou apenas a anedota que vou dizer.

— Dois! exclamou o sacristão.

CABRIOLET ANECDOTE

translated by Glenn Alan Cheney

"Cabriolet is here, yes sir," said the black who had come to St. José cathedral to call the vicar for the last rites of two dying people.

Today's generation hasn't seen the entrance and the exit of the cabriolet in Rio de Janeiro. Nor will it know of the time when the cab and the tilbury came into the ranks of our private and livery vehicles. The cab didn't last long. The tilbury, the first of the two, promises to go to the destruction of our city. When the city's done for and the excavators of ruins arrive, they'll find one stopped, with the horse and the coachman in bones, waiting for the usual customer. Rain or shine, the patience will be the same as today, the melancholy greater no matter how much the sun shines, because it will bring together the now and the specter of time. The archeologist will say exceptional things about the three skeletons. The cabriolet had no history. It left only the anecdote I'm going to tell you.

"Two!" the sexton exclaimed.

— Sim, senhor, dois, nhã Anunciada e nhô Pedrinho. Coitado de nhô Pedrinho! E nhã Anunciada, coitada! continuou o preto a gemer, andando de um lado para outro, aflito, fora de si.

Alguém que leia isto com a alma turva de dúvidas, é natural que pergunte se o preto sentia deveras, ou se queria picar a curiosidade do coadjutor e do sacristão. Eu estou que tudo se pode combinar neste mundo, como no outro. Creio que ele sentia deveras; não descreio que ansiasse por dizer alguma história terrível. Em todo caso, nem o coadjutor nem o sacristão lhe perguntavam nada.

Não é que o sacristão não fosse curioso. Em verdade, pouco mais era que isso. Trazia a paróquia de cor; sabia os nomes às devotas, a vida delas, a dos maridos e a dos pais, as prendas e os recursos de cada uma, e o que comiam, e o que bebiam, e o que diziam, os vestidos e as virtudes, os dotes das solteiras, o comportamento das casadas, as saudades das viúvas. Pesquisava tudo: nos intervalos ajudava a missa e o resto. Chamava-se João das Mercês, homem quarentão, pouca barba e grisalho, magro e meão.

"Que Pedrinho e que Anunciada serão esses?" dizia consigo, acompanhando o coadjutor.

Embora ardesse por sabê-los, a presença do coadjutor impediria qualquer pergunta. Este ia tão calado e pio, caminhando para a porta da igreja, que era força mostrar o mesmo silêncio e piedade que ele. Assim foram andando. O *cabriolet* esperava-os; o cocheiro desbarretou-se, os vizinhos e alguns passantes ajoelharam-se, enquanto o padre e o sacristão entravam e o veículo enfiava pela Rua da Misericórdia. O preto desandou o caminho a passo largo.

Que andem burros e pessoas na rua, e as nuvens no céu, se as há, e os pensamentos nas cabeças, se os têm. A do sacristão tinha-os vários e

"Yes, sir, two, nhã Anunciada and nhõ Pedrinho. Poor nhô Pedrinho! And nhã Anunciada, poor thing," the black said, continuing to moan, walking back and forth, afflicted, out of himself.

For anyone who reads this with a soul confused with doubts, it's natural to ask if the black really felt that way or if he wanted to pique the curiosity of the curate and the sexton. I believe that everything can be agreed on in this world as in the other. I believe he really felt that way. I don't disbelieve that he anxiously desired to tell some terrible story. In any event, neither the curate nor the sexton asked him anything.

It wasn't that the sexton wasn't curious. Actually, he was a little more than that. He knew the parish by heart, knew the names of the worshippers, their lives, the lives of their husbands and their parents, the endowments and resources of each, and what they ate and what they drank and what they said, their clothes and their virtues, the dowries of the unmarried girls, the behavior of the married couples, the pining of the widows. He looked into everything. In the intervals, he helped with Mass and all the rest. He was called João das Mercês, a man in his forties with scant beard, graying, thin, a man of average height.

"Which Pedrinho and Anunciada are they?" he said to himself, walking with the curate.

Though the sexton was burning to know, the presence of the curate would preclude any question. The curate walked so piously and quietly, heading for the church door, which compelled the sexton to show the same silence and piety. Thus they walked. The cabriolet awaited them. The coachman removed his hat and some neighbors and passersby kneeled as the priest and sexton got in and the vehicle wound down Rua da Misericórdia. The black strode back along the same route.

Let donkeys and people walk the streets, clouds, if any, walk the skies, and thoughts, if any, walk through heads. The sexton's head had several, and they were confusing. They weren't about the Our Father,

confusos. Não era acerca do Nosso-Pai, embora soubesse adorá-lo, nem da água benta e do hissope que levava; também não era acerca da hora, – oito e quarto da noite, – aliás, o céu estava claro e a lua ia aparecendo. O próprio *cabriolet*, que era novo na terra, e substituía neste caso a sege, esse mesmo veículo não ocupava o cérebro todo de João das Mercês, a não ser na parte que pegava com nhô Pedrinho e nhã Anunciada.

"Há de ser gente nova, ia pensando o sacristão, mas hóspede em alguma casa, decerto, porque não há casa vazia na praia, e o número é da do Comendador Brito. Parentes, serão? Que parentes, se nunca ouvi...? Amigos, não sei; conhecidos, talvez, simples conhecidos. Mas então mandariam *cabriolet*? Este mesmo preto é novo na casa; há de ser escravo de um dos moribundos, ou de ambos."

Era assim que João das Mercês ia cogitando, e não foi por muito tempo. O *cabriolet* parou à porta de um sobrado, justamente a casa do Comendador Brito, José Martins de Brito. Já havia algumas pessoas embaixo com velas, o padre e o sacristão apearam-se e subiram a escada, acompanhados do comendador. A esposa deste, no patamar, beijou o anel ao padre. Gente grande, crianças, escravos, um burburinho surdo, meia claridade, e os dois moribundos à espera, cada um no seu quarto, ao fundo.

Tudo se passou, como é de uso e regra, em tais ocasiões. Nhô Pedrinho foi absolvido e ungido, nhã Anunciada também, e o coadjutor despediu-se da casa para tornar à matriz com o sacristão. Este não se despediu do comendador sem lhe perguntar ao ouvido se os dois eram parentes seus. Não, não eram parentes, respondeu Brito; eram amigos de um sobrinho que vivia em Campinas; uma história terrível... Os olhos de João das Mercês escutaram arregaladamente estas duas palavras, e disseram, sem falar, que viriam ouvir o resto – talvez naquela mesma

though he knew how to offer it, nor about the holy water and aspergillum he was carrying. Nor was it about the time – 8:15 p.m. – and anyway, the sky was clear and the moon was appearing. The cabriolet itself, which was new there, replacing in this case the chaise, that same vehicle wasn't occupying João das Mercês's whole brain, except for what he'd caught about nhô Pedrinho and nhã Anunciada.

"They must be new people," the sexton was thinking, "but hosted in some house, for sure, because there are no empty houses on the beach, and the house number is that of Commander Brito. Relatives, perhaps? What relatives if I've never heard of them...? Friends, I don't know; acquaintances, maybe, just acquaintances. But then would they send a cabriolet? This same black man is new to the house. He must be a slave of one of the dying, or of both."

João das Mercês went on cogitating, and not for long. The cabriolet stopped at the door of a big two-story house, precisely that of Commander Brito, José Martins de Brito. There were already some people down below with candles. The priest and sexton got out and climbed the stairs, accompanied by the Commander. At the landing his wife kissed the priest's ring. Grown-ups, children, slaves, a hushed hubbub, low light, and the two dying people waiting, each in a bedroom in the back of the house.

Everything went as it ordinarily does on such occasions. Nhô Pedrinho was absolved and given unction, and so was nhã Anunciada, and the curate excused himself from the house to go back to the church with the sexton. The latter did not say good-bye to the commander without asking to his ear whether the two were relatives of his. No, they weren't relatives, Brito answered; they were friends of a nephew who lived in Campinas, a terrible story... João das Mercês's wide-open eyes heard these two words, and they said, without speaking, that they would come back to hear the rest – maybe that same night. It was all quick

noite. Tudo foi rápido, porque o padre descia a escada, era força ir com ele.

Foi tão curta a moda do *cabriolet* que este provavelmente não levou outro padre a moribundos. Ficou-lhe a anedota, que vou acabar já, tão escassa foi ela, uma anedota de nada. Não importa. Qualquer que fosse o tamanho ou a importância, era sempre uma fatia de vida para o sacristão, que ajudou o padre a guardar o pão sagrado, a despir a sobrepeliz, e a fazer tudo mais, antes de se despedir e sair. Saiu, enfim, a pé, rua acima, praia fora, até parar à porta do comendador.

Em caminho foi evocando toda a vida daquele homem, antes e depois da comenda. Compôs o negócio, que era fornecimento de navios, creio eu, a família, as festas dadas, os cargos paroquiais, comerciais e eleitorais, e daqui aos boatos e anedotas não houve mais que um passo ou dois. A grande memória de João das Mercês guardava todas as cousas, máximas e mínimas, com tal nitidez que pareciam da véspera, e tão completas que nem o próprio objeto delas era capaz de as repetir iguais. Sabia-as como o padre- nosso, isto é sem pensar nas palavras; ele rezava tal qual comia, mastigando a oração, que lhe saía dos queixos sem sentir. Se a regra mandasse rezar três dúzias de padre- nossos seguidamente, João das Mercês os diria sem contar. Tal era com as vidas alheias; amava sabê-las, pesquisava-as, decorava-as, e nunca mais lhe saíam da memória.

Na paróquia todos lhe queriam bem, porque ele não enredava nem maldizia. Tinha o amor da arte pela arte. Muita vez nem era preciso perguntar nada. José dizia-lhe a vida de Antônio e Antônio a de José. O que ele fazia era ratificar ou retificar um com outro, e os dois com Sancho, Sancho com Martinho, e vice-versa, todos com todos. Assim é que enchia as horas vagas, que eram muitas. Alguma vez, à própria

because the priest was descending the stairs, and it was necessary to go with him.

The stylishness of the cabriolet was so short that this one probably never took another priest to people dying. What remained was the anecdote, which I'm about to finish, so skimpy it was, an anecdote about nothing. It doesn't matter. Whatever the size or importance, it was always a slice of life for the sexton, who helped the priest put away the holy bread, to take off his surplice, and do everything else before saying good-bye and leaving. He left, in the end, on foot, up the street, along the beach, until halting at the the commander's door.

Along the way he recalled the whole life of that man, before and after the command. He built his business, which was supplying ships, I believe, the family, the parties, the parochial, commercial, and electoral posts, and from here the rumors and anecdotes were no more than a step or two away. João das Mercês's big memory stored all things, maximum and minimum, with such detail that they seemed to be from yesterday and so complete that not even the subject of the memories was able to repeat them the same way. He knew them like the Our Father, that is, without even thinking about the words. He prayed just as he ate, chewing on the prayer, which left his jaws without being felt. If the rule was to pray three dozen Our Fathers in a row, João das Mercês would say them without counting. It was the same way with other people's lives. He loved to know them, to look into them, to memorize them, and they never left his memory.

Everyone in the parish wished him well because he neither got entangled nor spoke badly of others. He loved the art for art's sake. Often it wasn't even necessary to ask anything. José would tell him about Antônio's life, and Antônio about José's. What he would do was ratify or rectify one with the other, and the two with Sancho, Sancho with Martinho, or vice-versa, everyone with everyone. That's how he filled the

missa, recordava uma anedota da véspera, e, a princípio, pedia perdão a Deus; deixou de lho pedir quando refletiu que não falhava uma só palavra ou gesto do santo sacrifício, tão consubstanciados os trazia em si. A anedota que então revivia por instantes era como a andorinha que atravessa uma paisagem. A paisagem fica sendo a mesma, e a água, se há água, murmura o mesmo som. Esta comparação, que era dele, valia mais do que ele pensava, porque a andorinha, ainda voando, faz parte da paisagem, e a anedota fazia nele parte da pessoa, era um dos seus atos de viver.

Quando chegou à casa do comendador, tinha desfiado o rosário da vida deste, e entrou com o pé direito para não sair mal. Não pensou em sair cedo, por mais aflita que fosse a ocasião, e nisto a fortuna o ajudou. Brito estava na sala da frente, em conversa com a mulher, quando lhe vieram dizer que João das Mercês perguntava pelo estado dos moribundos. A esposa retirou-se da sala, o sacristão entrou pedindo desculpas e dizendo que era por pouco tempo; ia passando e lembrara-se de saber se os enfermos tinham ido para o céu, – ou se ainda eram deste mundo. Tudo o que dissesse respeito ao comendador seria ouvido por ele com interesse.

— Não morreram, nem sei se escaparão, quando menos, ela creio que morrerá, concluiu Brito.

— Parecem bem mal.

— Ela, principalmente; também é a que mais padece da febre. A febre os pegou aqui em nossa casa, logo que chegaram de Campinas, há dias.

— Já estavam aqui? perguntou o sacristão, pasmado de o não saber.

— Já; chegaram há quinze dias, – ou quatorze. Vieram com o meu sobrinho Carlos e aqui apanharam a doença...

empty hours, which were many. One time, at Mass, he remembered an anecdote of the evening before, and at first started asking God's pardon. But he stopped asking when he realized that he hadn't missed one word or gesture of the holy sacrifice, the two were so consubstantiated within him. The anecdote he had relived for an instant was like a swallow that flies over a vista. The vista remains the same, and the water, if there is any water, murmurs the same sound. This comparison, which was his, was worth more than he thought because the swallow, still flying, is part of the vista, and the anecdote became in him part of the person. It was one of his acts of living.

By the time he arrived at the commander's house, he had gone over the litany of the commander's life. He stepped in with his right foot so as to not step out badly. He had no thought of leaving early, no matter how afflicted the occasion became, and fortune helped him out. Brito was in the front room talking with his wife when they came to tell him that João das Mercês was asking about the state of the dying. The wife left the room, the sexton entered, asking pardon and saying it was for a short time; he was passing by and remembered to find out if the sick ones had gone to heaven, or if they were still of this world. He would listen with interest to everything said regarding the commander.

"They haven't died, nor do I even know if they will survive; she, at least, I think will die," Brito concluded.

"They look pretty bad."

"She, mainly. She's also the one suffering most from the fever. The fever hit them here in our house, just after they arrived from Campinas a few days ago."

"They were already here?" the sexton asked, astonished that he hadn't known.

"They were, for fifteen days, – or fourteen. They came with my nephew Carlos and caught the illness here..."

Brito interrompeu o que ia dizendo; assim pareceu ao sacristão, que pôs no semblante toda a expressão de pessoa que espera o resto. Entretanto, como o outro estivesse a morder os beiços e a olhar para as paredes, não viu o gesto de espera, e ambos se detiveram calados. Brito acabou andando ao longo da sala, enquanto João das Mercês dizia consigo que havia alguma cousa mais que febre. A primeira idéia que lhe acudiu foi se os médicos teriam errado na doença ou no remédio, também pensou que podia ser outro mal escondido, a que deram o nome de febre para encobrir a verdade. Ia acompanhando com os olhos o comendador, enquanto este andava e desandava a sala toda, apagando os passos para não aborrecer mais os que estavam dentro. De lá vinha algum murmúrio de conversação, chamado, recado, porta que se abria ou fechava. Tudo isso era cousa nenhuma para quem tivesse outro cuidado, mas o nosso sacristão já agora não tinha mais que saber o que não sabia. Quando menos, a família dos enfermos, a posição, o atual estado, alguma página da vida deles, tudo era conhecer algo, por mais arredado que fosse da paróquia.

— Ah! exclamou Brito estacando o passo.

Parecia haver nele o desejo impaciente de referir um caso, – a "história terrível", que anunciara ao sacristão, pouco antes; mas nem este ousava pedi-la nem aquele dizê-la, e o comendador pegou a andar outra vez.

João das Mercês sentou-se. Viu bem que em tal situação cumpria despedir-se com boas palavras de esperança ou de conforto, e voltar no dia seguinte; preferiu sentar-se e aguardar. Não viu na cara do outro nenhum sinal de reprovação do seu gesto; ao contrário, ele parou defronte e suspirou com grande cansaço.

Brito interrupted what he was saying, or so it seemed to the sexton, who put on his face the full look of someone waiting for the rest. However, since the other was biting his lips and looking at the walls, he didn't see the expression of expectation, and both remained silent. Brito ended up walking up and down the room while João das Mercês said to himself that it must be something more than fever. The first thought that came to him was whether the doctors had erred in the illness or the remedy. He also thought that it could be some other hidden problem that was called fever to hide the truth. His eyes followed the commander as he walked back and forth all around the room, softening his footsteps so as not to bother the people inside anymore. From inside came whispered conversation, a call, a message, a door opening or closing. All of this would be nothing to anyone who was worried about something else, but our sexton now wanted nothing other than to know what he didn't know. At least the sick people's family, status, current state, some page of their life, anything that could be known no matter how far removed from the parish.

"Ah!" Brito exclaimed, stopping short.

He seemed to have an impatient urge to report an affair, – the "terrible story" he had mentioned to the sexton a little earlier. But he didn't dare ask for it, nor did the other dare to tell it, and the commander took to pacing again.

João das Mercês sat down. He saw perfectly well that the situation called for him to excuse himself with some good words of hope or comfort and to come back the next day. He preferred to sit and wait. He didn't see any signs of disapproval on the other man's face; to the contrary, he stopped in front of him and sighed with great weariness.

"Sad, yes, sad," João das Mercês agreed. "Good people, no?"

"They were going to get married."

"Get married? They were engaged to each other?"

— Triste, sim, triste, concordou João das Mercês. Boas pessoas, não? – Iam casar.

— Casar? Noivos um do outro?

Brito confirmou de cabeça. A nota era melancólica, mas não havia sinal da história terrível anunciada, e o sacristão esperou por ela. Observou consigo que era a primeira vez que ouvia alguma cousa de gente que absolutamente não conhecia. As caras, vistas há pouco eram o único sinal dessas pessoas. Nem por isso se sentia menos curioso. Iam casar... Podia ser que a história terrível fosse isso mesmo. Em verdade, atacados de um mal na véspera de um bem, o mal devia ser terrível. Noivos e moribundos...

Vieram trazer recado ao dono da casa; este pediu licença ao sacristão, tão depressa que nem deu tempo a que ele se despedisse e saísse. Correu para dentro, e lá ficou cinqüenta minutos. Ao cabo, chegou à sala um pranto sufocado; logo após, tornou o comendador.

— Que lhe dizia eu, há pouco? Quando menos, ela ia morrer; morreu.

Brito disse isto sem lágrimas e quase sem tristeza. Conhecia a defunta de pouco tempo. As lágrimas, segundo referiu, eram do sobrinho de Campinas e de uma parenta da defunta, que morava em Mataporcos. Daí a supor que o sobrinho do comendador gostasse da noiva do moribundo foi um instante para o sacristão, mas não se lhe pegou a idéia por muito tempo; não era forçoso, e depois se ele próprio os acompanhara... Talvez fosse padrinho de casamento. Quis saber, e era natural, – o nome da defunta. O dono da casa, – ou por não querer dar-lho, – ou porque outra idéia lhe tomasse agora a cabeça, – não declarou o nome da noiva, nem do noivo. Ambas as causas seriam.

— Iam casar...

Brito confirmed with a nod. The tone was disconsolate, but there was no sign of the terrible story, and the sexton waited for it. He noted to himself that it was the first time he had heard something about people absolutely unknown to him. Their faces, seen just a while ago, were the only sign of these people. Not even for that did he feel less curious. They were going to marry...It could be that this was the terrible story. In truth, hit by something bad on the eve of something good, the bad must have been terrible. Engaged and dying...

They came to bring a message to the owner of the house, who asked the sexton to be excused so quickly that there was no time to say good-bye and leave. He ran into the house, and there he remained for fifty minutes. Finally he arrived at the room in suffocating tears; then, soon, the commander turned.

"What did I tell you just a while ago? At least she's going to die. She died."

Brito said this without tears and almost without sadness. He'd known the dead woman a short time. The tears, he said, were for the nephew from Campinas and for a member of the dead woman's family, who lived in Mata-Porcos It took the sexton but an instant to go from that to imagining that the commander's nephew had liked the dying man's fiancée, but the idea didn't hold for long; it wasn't forceful, and later, if he himself had accompanied them... Maybe he'd have been the best man at the wedding. He wanted to know, as was natural, the name of the dead woman. The owner of the house – either for not wanting to give it, or because he now had another idea in his head – did not state the name of the bride or the groom. It could have been both of those causes.

"They were going to marry..."

"God will receive her into his holy care, and him, too, should he come to expire," the sexton said, full of sorrow.

— Deus a receberá em sua santa guarda, e a ele também, se vier a expirar, disse o sacristão cheio de melancolia.

E esta palavra bastou a arrancar metade do segredo que parece ansiava por sair da boca do fornecedor de navios. Quando João das Mercês lhe viu a expressão dos olhos, o gesto com que o levou janela, e o pedido que lhe fez de jurar,— jurou por todas as almas dos seus que ouviria e calaria tudo. Nem era homem de assoalhar as confidências alheias, mormente as de pessoas gradas e honradas como era o comendador. Ao que este se deu por satisfeito e animado, e então lhe confiou a primeira metade do segredo, a qual era que os dois noivos, criados juntos, vinham casar aqui quando souberam, pela parenta de Mata-porcos, uma notícia abominável...

— E foi...? precipitou-se em dizer João das Mercês, sentindo alguma hesitação no comendador.

— Que eram irmãos.

— Irmãos como? Irmãos de verdade?

— De verdade; irmãos por parte de mãe. O pai é que não era o mesmo. A parenta não lhes disse tudo nem claro, mas jurou que era assim, e eles ficaram fulminados durante um dia ou mais...

João das Mercês não ficou menos espantado que eles; dispôs-se a não sair dali sem saber o resto. Ouviu dez horas, ouviria todas as demais da noite, velaria o cadáver de um ou de ambos, uma vez que pudesse juntar mais esta página às outras da paróquia, embora não fosse da paróquia.

— E vamos, vamos, foi então que a febre os tomou...?

Brito cerrou os dentes para não dizer mais nada. Como, porém, o viessem chamar de dentro, acudiu depressa, e meia hora depois estava de volta, com a nova do segundo passamento. O choro, agora mais fraco,

And that word was enough to extract half the secret that seemed eager to leave the mouth of the supplier of ships. When João das Mercês saw the expression in his eyes, the movement with which he raised the window, and the request he made to swear – he swore by all his loved-one's souls that he would listen to it all and not talk about it. He wasn't a man to expose the confidentialities of others, much less those of people as noted and honored as the commander. At which the commander said he was satisfied and enthused, and he then confided the first half of the secret, which was that the two lovers, raised together, had come here to get married when they heard, from a relative in Mata-porcos, abominable news...

"And it was...?" João das Mercês hastened to say, sensing a certain hesitation in the commander.

"That they were brother and sister."

"Brother and sister how? Really siblings?"

"Really. Siblings on the part of the mother. It was the father who wasn't the same. The relative didn't tell them everything nor was clear about it but swore that's the way it was, and they were thunderstruck for a day or more . . ."

João das Mercês was no less shocked than they. He resolved not to leave until he knew the rest. He heard the clock strike ten, and he would hear all the other hours struck that night, would watch over the cadavers of one or both, as long as he could add this page to the other pages of the parish, even though it wasn't of the parish.

"Let's go, let's go, so it was the fever that took them...?"

Brito clenched his teeth to not say any more. But when people came to call him inside the house, he responded quickly, and half an hour later he was back with the news of the second passing. The weeping, this time weaker in that it was more expected, now no longer having anyone to hide it from, delivered the news to the sexton.

posto que mais esperado, não havendo já de quem o esconder, trouxera a notícia ao sacristão.

— Lá se foi o outro, o irmão, o noivo. . . Que Deus lhes perdoe! Saiba agora tudo, meu amigo. Saiba que eles se queriam tanto que alguns dias depois de conhecido o impedimento natural e canônico do consórcio, pegaram de si e, fiados em serem apenas meios irmãos e não irmãos inteiros, meteram-se em um *cabriolet* e fugiram de casa. Dado logo o alarma, alcançamos pegar o *cabriolet* em caminho da Cidade Nova, e eles ficaram tão pungidos e vexados da captura que adoeceram de febre e acabam de morrer.

Não se pode escrever o que sentiu o sacristão, ouvindo-lhe este caso. Guardou-o por algum tempo, com dificuldade. Soube os nomes das pessoas pelo obituário dos jornais, e combinou as circunstâncias ouvidas ao comendador com outras. Enfim, sem se ter por indiscreto, espalhou a história, só com esconder os nomes e contá-la a um amigo, que a passou a outro, este a outros, e todos a todos. Fez mais; meteu-se-lhe em cabeça que o *cabriolet* da fuga podia ser o mesmo dos últimos sacramentos; foi à cocheira, conversou familiarmente com um empregado, e descobriu que sim. Donde veio chamar-se a esta página a "anedota do *cabriolet*."

"There went the other, the brother, the groom... May God forgive them! Now you can know everything, my friend. Know that they wanted each other so much that a few days after learning of the natural and canonical obstacle to the union, they did some thinking and, satisfied that they were only step-siblings, not full siblings, they jumped into a cabriolet and fled from home. The alert soon went out, and we caught up with the cabriolet on the road to Cidade Nova, and they became so remorseful and ashamed with the capture that they took ill with fever and ended up dying."

What the sexton felt as he heard about this affair cannot be written. With difficulty he kept it to himself for a while. He learned the names of the people from the newspaper obituary, and he matched the circumstances he'd heard from the commander with others. In the end, without considering himself indiscreet, he spread the story, but hiding the names and telling it to a friend, who passed it on to another, and he to others, and everyone to everyone. He did more. He got it into his head that the cabriolet they fled in was the same as that of the latest sacraments. He went to the coach house, chatted with an employee, found out yes. Which led to this page being called, "cabriolet anecdote."

from *Relíquias da Casa Velha*, 1906

AGRADECIMENTOS

Os tradutores e editores agradecem aos editores seniores Ralph Hunter Cheney e Denise Dembinski pelo cuidado que tiveram ao verificar cada detalhe deste livro.

ACKNOWLEDGEMENTS

The translators and publisher thank senior editors Ralph Hunter Cheney and Denise Dembinski for the care they took in checking every detail of this book.

MACHADO DE ASSIS

Joaquim, Maria Machado de Assis nasceu no Rio de Janeiro em 1839. Seu pai era filho de escravos libertos, sua mãe uma lavadeira portuguesa dos Açores. Demostrando tendências linguísticas e literárias desde a adolescência, ele passou a publicar poemas, histórias, romances, peças de teatro, ensaios e traduções. Entre seus romances mais famosos estão *Dom Casmurro*, *Memórias Póstumas de Brás Cubas*, e *Quincas Borba*. Ele foi co-fundador e primeiro presidente da Academia Brasileira de Letras, e é considerado um dos 100 maiores escritores da literatura ocidental. Seu estilo narrativo varia do realismo surreal ao austero, com tópicos que vão do romantismo social ao comentário político. Ele faleceu em 1908.

Machado de Assis

Joaquim, Maria Machado de Assis was born in Rio de Janeiro in 1839. His father was a son of freed slaves, his mother a Portuguese washerwoman from the Azores. Showing linguistic and literary tendencies from adolescence, he went on to publish poems, stories, novels, plays, essays and translations. Among his more famous novels are *Dom Casmurro, The Posthumous Memoirs of Brás Cubasr,* and *Quincas Borba.* He was the founder and first president of the Brazilian Academy of Letters and is considered one of the 100 greatest writers of Western literature. His narrative style ranges from surreal to stark realism, with topics ranging from social romanticism to political commentary. He died in 1908.

CONTRIBUIDORES

Ana Lessa-Schmidt, Ph.D

Ana Lessa-Schmidt é bacharel em Literatura Inglesa pela Universidade Federal do Amazonas e possui mestrado em Sociedade Contemporânea Britânica pela Universidade de Nottingham, onde também obteve seu título de Ph.D. em Estudos Culturais Brasileiros. Suas traduções incluem: João do Rio: *Religiões no Rio*, *Vida Vertiginosa*; e histórias de Machado de Assis em *Ex Cathedra* e *Miss Dollar*, e uma coleção completa de crônicas: *Bons Dias!* Ela também traduziu *Suas Mãos na Terra* do Inglês para o Português.

Glenn Alan Cheney

Glenn Alan Cheney, é editor administrativo da New London Librarium, tem pós-graduação em Comunicação, Inglês e Escrita Criativa. Escreveu mais de 30 livros, alguns sobre temas brasileiros, como *Quilombo dos Palmares*, a *Estrada Real* e questões sócio-ambientais na Amazônia. Ele também traduziu obras de Machado de Assis e Rubem Alves.

Greicy Pinto Bellin, Ph.D.

Greice Pinto Bellin é bacharel em português e inglês e mestra em estudos literários, ambos pela Universidade Federal do Paraná, onde também obteve seu doutorado em 2015. Seu livro mais recente chama-se *Da Modernidade Européia* à *Identidade Literária Nacional Pan-americana: Confluências Literárias entre Edgar Allan Poe, Charles Baudelaire e Machado de Assis*. Ela também é co-tradutora de Miss Dollar: Stories by Machado de Assis, e colaboradora de Bons Dias!: As Crônicas de Machado de Assis 1888-1889. Ela é professora de pós-graduação em Teoria da Literatura no Centro Universitário Campos de Andrade.

CONTRIBUTORS

Ana Lessa-Schmidt, Ph.D

Ana Lessa-Schmidt has a Bachelor's degree in English Literature from the Universidade Federal do Amazonas and a Master's degree in Contemporary British Society from the University of Nottingham, where she also earned her Ph.D. in Brazilian Cultural Studies. Her translations include João do Rio's *Religions in Rio*, and *Vertiginous Life*, and stories by Machado de Assis in *Ex Cathedra*, and *Miss Dollar*, and a complete collection of Machado's *Good Days!* chronicles. She has also translated *His Hands on Earth* from English to Portuguese.

Glenn Alan Cheney

Glenn Alan Cheney, managing editor of New London Librarium, holds postgraduate degrees in Communication, English, and Creative Writing. He has written more than 30 books, a few on Brazilian topics, such as Quilombo dos Palmares, Estrada Real, and socio-environmental issues in Amazonia. He has translated works by Machado de Assis and Rubem Alves.

Greicy Pinto Bellin, Ph.D.

Greice Pinto Bellin has a Bachelor's degree in Portuguese and English and a Master's degree in Literary Studies, both from Universidade Federal do Paraná, where she earned her Ph.D in 2015. Her most recent book is *From European Modernity to Pan-American Literary National Identity: Literary Confluences between Edgar Allan Poe, Charles Baudelaire and Machado de Assis.* She is also co-translator of *Miss Dollar: Stories by Machado de Assis* and contributor to *Good Days!: The Chronicles of Machado de Assis 1888-1889.* She is a postgradate professor in Literary Theory at the Centro Universitário Campos de Andrade.